昭和からの遺言

——次の世に伝えたい　もう一つの世界

目次

＊表紙写真

愛馬「白雪」に乗り、陸軍様式大元帥正装を着用して代々木練兵場で行われた「天長節」（天皇誕生日）の観兵式に臨み、閲兵する昭和天皇。「東京日日新聞」１９３７年４月30日付夕刊一面に掲載。表紙写真他提供・毎日新聞

まえがき

この本は、最初は小説として書くつもりだった。昭和史において、もしも天皇が史実とは異なる行動をとって、無謀な太平洋戦争に突入するのを回避していたら、日本の今はどうなっていたかを想像してみたかった。

第二次世界大戦をヒトラーのドイツに任せて中立を守っていれば、ドイツは遅かれ早かれ敗退し、日本はアメリカに対して「絶対に戦わない」という保障を与えるだけで、生存に必要な程度の譲歩は引き出すことができたろう。その場合は、中国大陸への権益はほとんどそのままで、日本海軍は無傷のまま西南太平洋を支配していられた。朝鮮も台湾も千島列島も南洋群島も、もちろん日本の領土である。この状態で第二次世界大戦後を迎えたら、日本は戦後世界で大きな発言力を持つことができたに違いない。

ただし、二度にわたった世界大戦への反省は不徹底に終って、国連憲章のような不戦の誓いを、世界共通の認識にするまでにはならなかったかもしれない。民族自決の権利や、戦争による領土拡大禁止の原則は、一応は確認されただろうが、アジア解放を国是としていた日本が、素直に大陸から兵を引いたとは思えない。日本の存在は、新しい不安要因として、二十世紀後半の世界に影を落とした可能性がある。

このとき日本に「名君」がいて、アジア諸国の独立を助けることに徹した上、決して武力に訴えることなく、先進諸国の信頼も集めて「国際連盟」を進化させた「国際連合」創設の中心メンバーとなり、現在の世界と接続させるといった「あらすじ」を、漠然と考えていたのだった。ところがこの構想には無理が多すぎた。朝鮮の独立はまだしも、千島や台湾を失ったことの説明が難しい。

書き始めてすぐ、昭和史を教訓として未来へ残すには、敗戦までの歴史的事実に手を加えるべきではないと気がついた。むしろ学校教育でも現代史の部分が貧弱と言われている中で、若い世代が半日で読める程度の長さにまとめておくことに意義があると思い直した。この目的変更は、ブログへの連載形式で書いている途中で進行し、私は一日ごとの苦しい切り抜けで「自分は何のために書くか」を悟ったと言ってよい。

しかしこれは史実そのものの抜き書きではない。かつて国の総力を挙げて誤った道へ踏み込んだ愚行を、絶対に二度と繰り返すことなく、その教訓を世界人類の未来に生かすための「祈りの書」である。その祈りに力を与えるために、私は日本の国にしかいない高貴な人の立場を借りたいと思った。

だからこの部分については、これはフィクションである。私たちは想像の翼によって「もう一つの平和な世界と宇宙」に向かって行くこともできるのだ。

思い出すこと

大学の同期生が集まる同窓会に行くと、今でも「あの人」のことが話題になる。「あの人が出てきて天皇陛下って言われると、今でも違和感があるわね」というわけだ。あの人は、私たちにとっては「皇太子」か「殿下」か「チャブさん」だった。私たちは英文科で、皇太子さんは政経学部だから学部は違うのだが、教養課程では同じ科目を取ることもあった。それに、英文科は学習院の女子部からきた女子も多いから、なぜか皇太子さんと親しげに会話する人もいた。学内にいる限り「あの人」は、ちょっと気になる同期生の一人という位置づけだったと思う。

皇太子さんの身辺には常に数名の「ご学友」がいたようだが、ＳＰなど特別な警備がついている気配はなかった。私たちは特別なご学友でもないから、あまり気にせずに、出会っても自然体でいるのがいいというのが、暗黙の合意だったような気がする。それは先生も同様で、戦後に皇室のために尽力したと言われるブライス教授も、授業の終りぎわの雑談で「これからクラウン・プリンスの家庭教師に行くが、このままノーネクタイで行く」と言っていた。詩心に飾りは不要という話のついでだった。

そんな中で、私にも一つの思い出話ができた。昼休みに卓球場で英文科の女子と打ち合っていたところ、受け損なって後ろへそらした球を、ワンバウンドで受けてスマートに投げ返してくれた男子がいた。「どうも」と会釈して顔を見たら、皇太子さんだったので一瞬驚いた。知らぬ間に後ろで次の番を待っていたのだ。そのとき、近くにいた「ご学友」らしい一人が、ニヤリと笑顔を見せたのが記憶に残っている。

それだけのことで自慢にするわけもないのだが、皇太子「殿下」がその瞬間、ごく自然に反応して親切を示して下さったことについて、温かいものを感じたのは事実である。私は父から「建世」と名づけられていた。満洲国建国の翌年に生まれたから、国よりも大きくしたという説明だったが、やや重荷な名前ではあった。その影響かどうかは知らないが、少年期に「自分が天皇だったら」という空想をしたことはある。それ以来、天皇の名において行われた悪を憎むことはあっても、天皇に悪意を抱いたことはない。

英文科の同窓会では、冒頭の話題が出てくると、決まって次のような流れになって終るのだ。「あの人を見ていると、自分が年をとるのもしょうがないと思うのよね」と。だが、私たちには、人類最後の世界戦争を見てきた者として、恒久平和の価値を間違いなく次の世代に伝えておかないと、死んでも死に切れない思いがある。その思いを、「あの人」の立場で代弁するように書いてみたらどうなるのだろう。あのときの「殿下」は、今も同じように穏やかな顔で許して下さらないだろうか。

第一章　もう一つの地球

もう一つの地球

ビッグバンで宇宙が生成されたとき、私たちの知っている物質とよく似ているが、構成する原子核と電子の電荷だけが反対の「反物質」も、同じ量だけ出来たと言われている。物質と反物質とが出合うと直ちに両方とも消滅するのだが、このときに消え残った物質があって今の宇宙が出来たというのが定説に近いようだ。

ところがこの説には弱点があって、ビッグバン以前から存在した大量の物質の素材は何に由来するかがわからない。そしてもちろん、ビッグバンを引き起こした巨大エネルギーの由来もわからないという、二つの大きな謎が残ってしまうのだ。さらに最新の研究によっても、宇宙を構成する全質量の中で、説明可能な部分は四％に過ぎず、あとの大半は不明なダークマターだという説明を読んで唖然《あぜん》とした。

それならば宇宙の反対側に、相似形で電荷だけが反対の「反宇宙」が出来ていると考えたらどうなのだろう。厳密に同量が同じタイミングで生成されたのだから、反宇宙の側でも同じ時間経過で変化が進んでいるはずである。反宇宙の中にも銀河系が出来て、その一隅に太陽系があり、その第三惑星が「地球」と呼ばれていることも、大いにあり得るのではないだろうか。

まことに人間は、海岸にたたずんで海を眺めている小児よりも頼りない存在である。海の中のことも、その向こうにある別な大陸のことも、何も知らない。それでいて、拾った一つの貝殻からだけでも、一生かかって語るような夢物語をつむぎ出したくなることがある。もし人類が天文学を発展させなかったら、そもそも宇宙というものは存在したのだろうか。少なくとも人類は「ほかの星」とは無縁であったに違いない。

だから宇宙の秘密の一端を知ったからには、反宇宙の地球にも日本という国があって、こちらの日本と酷似した歴史を歩んでいたとしても、そこには何の不思議もないのだ。とは言っても厳密には反宇宙の中でのことだから、正確には「反日本」という国があって、そこには「反日本人」が住んでいると言わなければならない。しかしそこはあまり堅苦しく考えなくてもいいのではなかろうか。

この(ではなかった、あちらの)日本にも、混沌《こんとん》の中から国土が生まれたという神話がある。ビッグバンを説明するような部分は残念ながらないのだが、所詮は人間が言葉を持つようになってからの神話だから、記憶に残っていないのだろう。神話の最高神はアマテラスと呼ばれる太陽神である。そして地上を統治するために「天孫」を日本の地に降臨させた。その子孫が天皇になったと伝えられている。

これから始まるのは、そんな「もう一つの地球」の物語である。

皇太子の誕生

昭和八年（１９３３）十二月二十三日の朝、まだ薄暗い東京の町にサイレンの音が響き渡った。その音はポーと一つ、すぐ続いてまた一つ、二回連続を繰り返して吹鳴された。待ちかねていた市民はたちまち活気づき、窓に明かりがついて「バンザーイ」の声さえ聞こえてきた。皇太子が誕生したのだった。

天皇家には、それまで皇女の誕生が四人続いていた。待たれていたのは皇位を継承する皇太子の誕生だった。皇后の出産予定は知らされていたから、生まれた皇子が女子ならサイレンは一つ、男子ならサイレンは二回連続で鳴らすことが決まっていた。サイレンがどのように鳴るかは、全国民的な関心事だったのだ。

皇太子の父は、没後は昭和天皇と呼ばれるのだが、生前は単に「天皇陛下」と呼ばれるのが慣例だった。裕仁《ひろひと》親王という固有名で呼ばれることは滅多になく、あえて正式名称を使えば今上天皇だが、ふつうは天皇といえば、大日本帝国の最高統治者を意味する固有名詞として使われていた。

裕仁天皇の父は大正天皇である。そのまた父は明治天皇だが、明治天皇と皇后との間には嫡出の子がなく、大正天皇の生母は明治天皇に仕える典侍《てんじ》の柳原愛子《なるこ》であった。大正天皇は幼少のころから病弱であり、皇太子としての教育を受ける過程でも、周囲を心配させたと伝えられている。しかしその一面で良き家庭人であり、側室を置くことなく昭和天皇以下四人の男子を残した。知的には決して暗愚ではなく、文才があって漢詩も和歌もたしなみ、権威張ることのない気さくな人がらだったと言われる。

裕仁親王は、大正天皇の病状が進んで公務に支障を来たしたため、大正十一年（1922）から二十歳で摂政《せっしょう》に就任して実務を代行するようになった。その直前には軍艦「香取」を用いてヨーロッパ諸国を歴訪している。父の血を引いてやや軟弱だった裕仁親王も、摂政になって公務を果たすようになってからは、目に見えて自覚的になったと言われる。政府の元老たちは、国運の発展を次の天皇の治世に期待したのだった。

大正十五年末に大正天皇が崩ずると、年号は昭和と改元され、裕仁親王は即位して天皇となった。ここから日本の歴史上、神話時代を除いてもっとも長い治世の昭和時代が始まったのである。明治時代の日清戦争、日露戦争を経て世界の強国の一つとなった日本は、大正時代の短い安定期を経て、ふたたびアジアの一角で動き出していた。

中国大陸の東北部では、日本軍部の主導によって満洲事変が引き起こされ、短期間で軍事的な支配権を確立した日本は、満洲国の建国を宣言していた。これは皇太子が誕生した前年のことであった。

満洲国の前史

満洲国を語るためには、第一次世界大戦の説明をしなければならない。明治時代の日清戦争によって台湾を獲得し、日露戦争によって朝鮮併合を実現していた日本は、第一次世界大戦では日英同盟に従い同盟国側として参戦した。これが大正三年から七年（１９１４～１９１８）のことである。

この戦争の主戦場はヨーロッパであったから、日本国内への影響は大きくはなかった。しかしアジアにおけるドイツの領土や権益を奪い取ることは日本に任されたので、漁夫の利を得る結果になった。ドイツの拠点だった山東半島の青島《チンタオ》を攻略し、南洋諸島の赤道以北の島々にも海軍を派遣して占領した。

これらの諸島は大戦後に創立された国際連盟によって、日本の委任統治領とされた。昭和初期の日本の小学生が使った世界地図には、太平洋の中央に、オーストラリアとほぼ同じ大きさの、赤い点線で囲まれた広い海域があり、そこに「南洋群島」と書かれていたものである。そこには南洋庁が置かれ多くの日本人が進出していた。

国際連盟は、第一次世界大戦を終結させる条件として、アメリカ大統領ウィルソンによって発想された。世界初の国際平和機構であって、日本はその有力な常任理事国であり、事務局次長には新渡戸稲造《にとべいなぞう》を送っていた。ただしアメリカでは、国家の上に立つ権力を警戒する議会が同意せず、アメリカが参加しないことは連盟の弱点になった。

それでも敗戦国だったドイツもやや遅れて加盟を認められ、社会主義革命を経たソ連も参加して、最大時には世界の六十カ国を集めた。大戦後のヨーロッパにおける紛争などでは、日本は中立公正な立場で調停者の役割を果たすことができたと言われる。ただし中華民国にとっては、国際連盟は日本の過剰な進出を世界に訴える場であった。

満洲国の建国に直結する満洲事変は、昭和六年（１９３１）に日本軍による自作自演の鉄道爆破事件をきっかけとして始まったのだが、それと酷似した張作霖《ちょうさくりん》爆殺事件がその三年前に起きている。奉天の軍閥の指導者で独立を志向していた張作霖が邪魔になると判断した日本軍が、中国本土の国民党軍ゲリラの仕業に見せかけて、彼が乗っている列車を立体交差の橋脚に仕掛けた爆薬で破壊したのである。

この犯行は軍の総意ではなく、一部の強硬論者の独走だった。軍は実行責任者を特定して実情は首相を通して天皇にも伝えられ、関係者の処分が予告された。しかし実際には警備の不行き届きのみが問題とされて軽い処分で済まされたため、若い天皇は「話が違うではないか」と首相を厳しく叱責した。首相は天皇の信任を失ったとして辞任せざるをえなくなり、天皇はこのあと慎重に行動するようになったと言われる。

満洲国の建国

満洲国の版図は中国の東北部を占める。伝統的に漢族とは風俗習慣をやや異《こと》にする女真《じょしん》族（満洲族）の居住する地域だが、古くは金王朝、そして近代では清国として中国を支配していた。しかし近代化に遅れ、日清戦争での敗戦も打撃となって崩壊し、孫文ら漢族の独立運動による中華民国の成立とともに滅亡した。

満洲事変の当時、現地はロシアから鉄道などの利権を獲得した日本と、失地回復をはかる共産化したソ連と、地元に根を張っている軍閥と、南から進攻してくる国民政府軍とが入り乱れる極度の混乱の中にあった。その中で、もっとも統制が取れて実力的にも優位だったのが、民業保護を名目として駐屯していた日本軍だった。

絶好の機会と見た軍部の作戦は的中した。半年もかけずに満洲の全土を制圧して満洲国建国の条件を整えたのである。満洲を中国から切り離して日本の影響下に置く構想は、以前から政府に存在していた。公式には紛争不拡大を唱えながらも、現地軍の行動を追認することで政府は目的を達したのだった。

清国の最後の皇帝であった溥儀《ふぎ》を元首として、満洲国は昭和七年（１９３２）に建国を宣言した。国旗は黄色を基調とし、左上の四分の一には上から赤青白黒の四色が配された。

それぞれ日本、漢族、朝鮮、蒙古、そして黄色は満洲人を表し「五族協和」の「王道楽土」を象徴するとされた。

満洲国皇帝となった愛新覚羅溥儀《あいしんかくらふぎ》は、わずか二歳のときに清国の皇帝に即位し、六歳で廃帝となった波乱の育ち方をしている。満洲国皇帝への即位式をあげた時点で二十八歳の青年だった。日本の天皇の五歳年下に当る。日本の親密な同盟国となった満洲国の皇帝に対して、天皇は誠意のこもった接遇を心がけた。

皇帝が日本を訪問した際にはお召し艦として戦艦「比叡《ひえい》」を提供し、天皇自らが東京駅まで出迎えるという異例の歓迎で礼を尽くした。皇居内でも皇族を交えて家族のような親しさであったと伝えられている。天皇は「五族協和」の忠実な体現者であろうとした。

しかし現実の満洲国は、皇帝が統治する国家とはほど遠い状態だった。建前としては立憲君主制だったが、立法院は開設さえされずに放置され、選挙は一度も行われなかった。行政では満洲人の首相は置かれたものの、官吏の大半は日本人で占められており、重要な案件は、日本の特命全権大使を兼ねる関東軍司令官の同意がなければ何ごとも決定することができなかった。

中華民国政府は、満洲国建国宣言のその年に、国際連盟に対して日本の武力行使の不当性を提訴した。日本もこれに応じて調査団を受け入れることとした。

リットン調査団

中華民国の提訴を受けた国際連盟は、イギリスのリットン卿を団長とする調査団を満洲に派遣した。この調査団にはフランス、ドイツ、イタリアそしてアメリカの軍事専門家も参加し、オブザーバーとして日本と中華民国の外交官も同行した。

調査団は三カ月にわたって調査したが、満洲に直行したのではなく、まず日本と中国で事情聴取を行った。中国では蒋介石、汪兆銘《おうちょうめい》、張学良と個別に面談している。それぞれ独立派、親日派、軍閥の立場を代表する人物である。現地では良い印象を与えるべく、競うように調査団を歓迎した。国際紛争での調査としては異例とも言える、関係者のすべてから期待された調査であった。満洲では皇帝に即位する前の「執政」の立場だった溥儀《ふぎ》からも話を聞いている。

やがてまとめられた報告書の骨子は、次のようなものだった。まず、鉄道爆破の被害があったとしても、その後の日本軍の武力行使が自衛のためだったとは認められない、とした。そして満洲国の建国も、地元住民による独立運動の結果と認めることはできず、その存在自体を支えているのは日本軍であると指摘した。しかしながら満洲の混乱を招いた原因が、中華民国の無関心と無策にあったとして、満洲の今日の発展は日本の努力による旨を述べて高く評価していた。

その上で、この紛争の解決に向けて次のように提案した。満洲には自治政府を樹立して中国の主権下に置くこととする。この自治政府は国際連盟が派遣する外国人顧問の下に充分な自治権を与えられる。満洲は非武装地帯として、国際連盟の助言を受けた特別警察機構が治安の維持に当る、などだった。

これらは一見、中華民国側の立場を尊重したようでいて、よく読めば日本の既得権に配慮したものだった。国際連盟における当時の日本の影響力からすれば、国際連盟の公認の下に、日本が満洲で事実上の統治を続けられる「名を捨てて実を取る」道を示唆していたからである。日本政府にも、各国からさまざまな助言が寄せられた。

この報告書は、翌昭和八年（１９３３）初頭の国際連盟で採択されることが予想されていた。採択に反対すれば日本は国際的に孤立することになる。これにどう対処するかが、当面の大きな課題になってきた。

日本とすれば満洲の正当な王朝を復活させたという大義名分がある。建国宣言の直後に国家として承認し、国交を樹立したという面子の問題もある。満洲国そのものの存在を否定するような提案は受け入れられないというのが、軍部ばかりでなく政府全体の空気だった。首相から奏上を受けた天皇も、それについては「同意である」と答えた。

国際連盟からの脱退

国際連盟の本部はスイスのジュネーブに置かれていた。日本全権として乗り込んだ外務大臣・松岡洋右《ようすけ》の心中は複雑だった。満洲国の存在を否定されたら妥協はできない。さりとて戦争に次ぐ戦争のリスクを乗り越え、ようやくにして獲得した一等国としての地位と信用を、失いたくないのはもちろんである。満洲の利権に未練のあるアメリカが、加盟国でもないのに裏で圧力をかけていることもわかっていた。

特別総会の採決では、日本に厳しい結果が出ることは予想されていた。問題は、その後の日本を国際連盟がどのように扱うかということである。規定では除名処分もあるが、連盟としてはアジアの有力加盟国を失いたくはないはずである。それでも勧告に従わなければ、一定の経済制裁を発動されるおそれがあった。これは資源小国である日本にとっては深刻な打撃になる。

面従腹背の老かいな外交術を使いこなす国だったら、勧告は受け入れておいて素知らぬ顔で満洲の開発を進めてしまう方法もあっただろうが、日本の国も外交官も、まだ若かった。そして何よりも、満洲国に皇帝溥儀を復活させる構想をよしとした天皇の期待を裏切るのは、恐れ多くてできないことだった。

そこで死中に活を求めるように浮上したのが、国際連盟からの脱退だった。自ら脱退してしまった国に対しては、連盟はいかなる制裁を科すこともできない。公然と国際社会に背を向けることにはなるが、それこそが日本らしい独自の道に見えてきたのである。東京からジュネーブへ「国際連盟からの脱退も止むなし」の訓電が送られた。

採決の結果は、賛成四二、棄権一、不参加一で、反対票は日本の一のみだった。松岡代表は「もはや日本政府は連盟と協力する努力の限界に達した」と最後の演説をして、そのまま日本代表団を引き連れて会場を後にした。

総会から日本へ帰国したとき、松岡は外交の失敗を非難されることを覚悟していた。しかし案に相違して、松岡を迎えたのは凱旋将軍を迎えるような大衆の大歓迎だった。新聞報道などは、「連盟よさらば！ 我が代表堂々退場す」といった論調だったのである。国民はすでに連戦連勝の空気に酔って止めどがなかった。

日本の国際的孤立を憂慮したのは、むしろ天皇であった。直後の昭和八年（1933）三月に「国際連盟脱退の詔書」を発している。

「……今や連盟と手を分ち、帝国の所信に従うといえども、もとより東亜に偏《へん》して友邦の誼《よしみ》を疎《おろそ》かにするものにあらず」と述べ、国際的な信義を重んじて世界から信用されることこそ、私の日夜の念願である、とした。

ヒトラーの登場

このころ、遠く離れたヨーロッパのドイツでは政変が起きていた。ナチスを率いるヒトラーが、ドイツの復権と反共を唱えて大統領選挙に出馬し、大統領選では長老のヒンデンブルグに及ばなかったものの、党を第一党に導くまでになったのである。

政権が不安定で短期間の解散・総選挙を繰り返す政治的混乱の中で、ヒトラーはついにヒンデンブルグ大統領の裁定により内閣を組織することとなった。昭和八年（１９３３）一月のことである。首相に就任してからのヒトラーの行動は機敏だった。直ちに次の総選挙を公示したのだが、その選挙期間中に国会議事堂放火事件が起き内部がほぼ全焼した。これを共産主義者の策動としたヒトラーは、大統領に迫って憲法の基本的人権条項を停止する緊急命令を発令させ、共産党員などの逮捕に乗り出した。

この事件には謎が多い。直後に捜索に入った警察は、中にいたオランダ人の共産党員を発見して逮捕したが、資本主義に抗議するため放火したと自供する単独犯だった。しかしナチス政府は共産主義者の組織的な蜂起だとする見解を撤回せず、共産党および社会民主党への弾圧を強める中で投票日を迎えた。選挙の結果はナチスが議席を伸ばしたが、過半数には及ばなかった。

選挙後の国会はオペラハウスを臨時の会場として開かれた。共産党は弾圧の中でも八十一名の当選者を出していたが、全員が逮捕または逃亡中で欠席だった。社民党議員の多くも同様だった。この議会を場として「民族および国家の危難を除去するための法律」（略称・授権法）が制定された。ナチス政府に立法権を委譲することを、ワイマール憲法の改正手続きに沿って決定したのだった。オペラハウスの周囲は、ナチスの突撃隊員によって厳重に警備されていた。

放火事件の犯人として五名が起訴されたが、実行犯の一人以外は裁判で無罪となった。実行犯は翌年に死刑を執行された。死刑にはならない放火罪の規定を、無理に変更した上での執行だったが、もはやどうでもいい過去の出来事だった。この事件の真相がどうであったのかは、ナチス崩壊後の今も解明されていない。

ヒトラーが独裁体制を確立してからほぼ一年後にヒンデンブルグ大統領が死去すると、ヒトラーは大統領の権限をも合わせた最高指導者の地位につくこととし、この制度変更の可否を国民投票にかけた。この投票において国民は九十％の支持率をもってヒトラーを信任した。これ以降は日本でもヒトラーを「総統」と呼ぶようになった。

前の大戦で敗戦国だったドイツが、風雲児として立ち上がる姿は驚異だった。その動向はアジアで孤立しつつあった日本に、大きな影響を与え始める。

万里の長城

万里の長城は、渤海《ぼっかい》の遼東湾《りょうとうわん》に面する山海関から発して北京の北方を守り、西は西域にまで達する城壁である。総延長は一万キロにもおよぶ世界最大の建造物で、その規模は他に類がない。初めは秦の始皇帝が紀元前二百年代に築いたが、歴代の王朝による放棄や改修を繰り返しながら遺跡として今に残っている。

この長城が満洲国の西南の国境線と定められたのは、ある意味で自然な流れだった。清国は満洲族による征服王朝だったのだから、それが滅びて南部の南京を首都とする中華民国が成立した以上は、父祖の地である満洲に帰ればよかったのである。しかし直前まで首都であった北京周辺には、清国の影響はまだ強く残っていた。満洲国の国境警備を考えるとき、この「長城線」を越えていいかどうかが問題だった。

満洲国の建国宣言後も、熱河地方は治安の回復が遅れていた。アヘンで莫大な利益を生む地域であり、軍閥の支配関係も複雑であった。さらに北から共産軍、南から国民政府軍が迫っていて、反日、反満の暴動事件も頻発していた。また、山海関では日本軍と国民政府軍が直接に対峙《たいじ》して、一触即発の状況だった。

ここで発動された熱河作戦は、言わば満洲国確立のための仕上げの戦闘だった。国民政府は熱河を拠点として「中国の一部としての東北」を奪還するのが理想だったが、共産軍との抗争がより緊急の課題になると、むしろ抗日戦を避けて、軍閥と共産軍の掃討を日本軍に任せる姿勢に転じた。こうした複雑な力関係の中で作戦は進んだ。

このとき日本軍は長城線に到達すると、一時的には越境して飛行場を設けるなどはしても、自主的に国境線まで撤退している。軍の一部には根強い南進論もあったが、それを憂慮したのは政府・外交官僚と天皇であった。天皇は侍従武官長を通して、長城を越えて南に進攻しないよう直接に関東軍に伝達した。

国際連盟から脱退したばかりの日本としては、国際世論を刺激して経済制裁を受けるような事態は避けたかったのである。こうして昭和八年（１９３３）の五月に停戦協定が成立した。満洲事変から始まった一連の戦闘は、満洲国の成立を前提として、ここに終了した。ただし国境に砲弾が届かない距離まで中国軍は後退するという、長城の建設目的を逆転したような、中国には屈辱的な協定だった。

世界の四大文明の一つに直結する、三千年以上の文明史を持つ国土が、いまや日本兵の軍靴の下に踏まれていた。万里の長城で警戒任務に立つ日本兵は、何を考えながら銃剣を構えていたのだろう。成人して健康な男子ならば兵役につくのは国民の義務だった。思い出すのは故郷の家族のことばかりだったろうか。

二・二六事件

満洲国が成立し日本が国際連盟から脱退しても、国際情勢に目立った変化はなかった。むしろ満洲国を正式に承認する国は、着実に増えていた。中国の本土も、満洲国と接する北京周辺や上海では、相変わらず排外・排日運動が盛んで散発的な紛争が起きてはいたが、大規模な軍事行動のない数年間の安定が訪れていた。

その中で昭和十一年（1936）の二・二六事件が起きた。一部の青年将校に指揮された約千五百名の陸軍部隊が、反乱を起こして政府要人を殺害した上、陸軍省はじめ政府の中枢が集まる官庁街を制圧した前代未聞の大事件である。首謀者は「皇道派」と呼ばれた極右グループで、「尊皇討奸《そんのうとうかん》」による「昭和維新の断行」を唱えていた。

動機としては、農村の疲弊は政治の腐敗が原因であるとして、側近政治や政党、財閥への不信があり、緊縮予算による軍事費削減への不満もあった。しかし側近を滅ぼして天皇の親政を導き出せば、明治のような維新が再現するという、幼稚な思い込みでもあった。政権奪取をはかるクーデターではあっても、自分たちが権力を握りたいのではなく、あくまでも天皇の覚醒《かくせい》を求める行動だったところに、日本的な特異性があった。

一時は首相も生死不明で混乱を極めたが、反乱軍は皇居には手を出さなかったため、事態の収拾には期せずして天皇の意思が大きな影響力を及ぼすことになった。重臣を殺された天皇の怒りは激しかった。軍の上層部には青年将校たちの「憂国の真情」に理解を示す者もいたが、天皇は「なぜ早く鎮圧できないのか。朕《ちん》が近衛師団を率いて討伐する」とまで発言して督促した。これで反乱軍の運命は決まった。

軍人に対して天皇の命令は絶対である。反乱軍は、包囲する鎮圧部隊と戦火を交えることなく帰順した。事件後の軍法会議により、実力行使した指揮官クラスを中心に十五名が銃殺刑に処せられた。こうして失敗に終った反乱計画だったが、これで軍部が温和になったのではなく結果は逆になった。統制を強化する名目で陸海軍大臣の現役制が導入され、軍部は大臣を出さないことで内閣を倒す手段を手に入れたのである。

この事件によって、天皇は自分の地位と権限について改めて考えざるをえなかった。天皇が「君臨すれども統治せず」を旨とすべきことは、皇太子時代から受けた教育によって行動原理に刻み込まれている。輔弼《ほひつ》（注）者が衆智を集めて決めた政策は、みだりに左右してはならない。それは神聖にして侵すべからずと定められた君臣の分を守ることであり、明治の大帝もそのようにして偉大な業績を残されたと教えられてきた。

しかし、輔弼すべき政府が存亡の危機に陥ったときはどうするのか。そんなことは誰からも聞いたことがない。日本の国は、これからどうなるのか。

（注）「輔弼」とは天皇の政治を助け、責任を引き受けること。

ベルリン・オリンピック

沈鬱な日本の世相を明るくしてくれたのは、同じ昭和十一年（１９３６）年夏のベルリン・オリンピックだった。わずか三年前に政権についたばかりのヒトラーは、天才的な手腕で経済の復興をなしとげたばかりでなく、このオリンピックを絶好の機会としてドイツ復興を世界に印象づけた。オリンピアで採火した聖火を競技場まで運ぶ聖火リレーも、この大会で初めて取り入れられた。

この大会では日本の選手団も活躍した。競泳男子八百メートル自由形リレー、女子二百メートル平泳ぎ（前畑秀子）、男子二百メートル平泳ぎ（葉室鉄夫）、男子千五百メートル自由形（寺田登）の四種目で金メダルを獲得して「水泳ニッポン」の名を高め、ラジオ中継放送の「前畑ガンバレ」のアナウンサーの声は、レコードにまでなった。

さらに田島直人が三段跳びで優勝している。マラソンでは孫基禎《そんきてい》が優勝してメイン会場に日の丸を上げたのだが、孫は朝鮮の出身で愛郷心が強かったため、表彰台で「君が代」を聞きながら涙ぐんだと言われる。また「東亜日報」が胸の日の丸を塗りつぶした写真を掲載して発行停止処分を受け、孫選手は警察から監視される身の上となった。

じつはオリンピックの開催について、ヒトラーは当初は乗り気でなく、返上も考えていた。フランスのクーベルタンによって復活した近代オリンピックは、ユダヤの祭典だと考えていたのである。五大陸を一つに結ぶという思想も、アーリア民族至上主義とは相容れなかった。ナチスの反ユダヤ政策はすでに知れ渡っていたから、アメリカにもイギリスにも、ナチスが主催するオリンピックをボイコットする動きがあったのである。

しかし逆にナチスの優秀さを証明する機会にしようと発想してからの変わり身は早かった。人種差別政策を一時的に凍結して、ベルリンの街頭からも反ユダヤスローガンを一掃するなど、世界に開かれた「民族の祭典」を演出したのである。この題名で制作されたレニ・リーフェンシュタールの記録映画は、ナチスの総力をあげた宣伝力によって画期的な名作とたたえられ、数々の国際映画賞を受賞した。

開会の入場行進を迎えたヒトラーは得意の絶頂にあった。ナチスの敬礼は、右手を斜め前に伸ばす「ハイルヒットラー」だが、オリンピックで主賓席に敬意を表す動作と見分けがつかない。フランスの代表は、けんめいに真横に手を上げるようにしたが、観客はかまわずに大歓声で喜んだという逸話が残っている。

観客は、東洋の新興国である日本に好意的だった。ナチスはヨーロッパに新秩序を作ろうとしている。日本も東洋で新秩序を唱えて大陸に進出しているのだから、立場はよく似ているのだ。次回、四年後のオリンピックは東京に予定されていた。

上海・大場鎮を占領し万歳を叫ぶ金沢師団（1932 年 03 月 02 日）

第二章　盧溝橋《ろこうきょう》の銃声

盧溝橋《ろこうきょう》の銃声

歴史は、ただ一発の銃弾で誰もが予想しなかった方向へ動き出すことがある。第一次世界大戦では、オーストリア帝国の皇太子を狙撃したサラエボ事件が、連鎖的に紛争を拡大して世界を戦争に巻き込んだと言われている。日本が中国に対する全面的な戦争に突入した「支那事変」も、そのような構図で始まった。

小競り合いが本格的な戦争に拡大するには、それなりの背景がある。中国の北部は、清朝から継続する半植民地時代の影響を残していた。上海には租界《そかい》と呼ばれる外国人の居留地があって中国の統治外にあった。北京にも居留民がいて、日本のみならずフランス、イギリス、アメリカ、イタリアも軍隊を駐留させていた。一方、共産軍は排外運動の対象を日本にしぼり、中国政府中央軍の中にも浸透して攻勢の機会をうかがっていた。

昭和十二年（１９３７）の七月七日、事変の発端となる盧溝橋事件が起こった。現場は満洲との国境ではなく、北京の南西に当る郊外である。ここで夜間演習をしていた日本軍に、中国軍から射撃が加えられたとされている。そこで演習を中止して点呼すると、兵一名の行方が不明であった。現場指揮官は中国側に連絡を取り、抗議とともに捜索を要求したが、拒否されたので事態が悪化したと日本側は記録している。

この紛争では初期に何度も停戦の協定が結ばれて、行方不明の日本兵も無事であった。日本政府も事変の不拡大方針を表明していた。しかし戦闘を拡大する圧力は、双方に蓄積されていた。排日運動の高まりとともに、日本人商店の略奪、偵察に潜入した日本軍人の拘束と殺害といった事件が全土で多発していたのである。

さらに陸軍の一部には、中国の北部を分離して日本の勢力圏としたい構想があり、北支駐屯軍と満洲を管轄する関東軍との間に競争的な対立もあった。中国側はそれ以上に混乱していて、国民政府中央軍と共産軍との抗争ばかりでなく、日本軍の介入を利用して新秩序の樹立を夢見る親日派の指導者も存在していた。

日中の政府は、停戦協定にもかかわらず兵力の動員を止めなかった。日本では「威力の顕示による中国側の謝罪と停戦条件の確保」を理由として、陸軍大臣が内地から三個師団の派遣を要請した。臨時閣議を開いてこれを了承した政府の首相は「挙国一致の新体制」をスローガンとして就任したばかりの近衛文麿だった。奏上を受けた天皇は、手続きを踏んだ内閣の決定には、裁可を与えるのが慣例である。

近衛首相はさらに政財界有力者、新聞・通信関係代表者らを首相官邸に集め、国内世論統一のため協力を要請した。これ以降、新聞の論調などは対中強硬論が主流となって行った。日本が正しくて相手が悪い。国民はそれ以外の情報を知らない。

事変という名の全面戦争

本格的な戦闘が始まってしまえば、あとは軍人の考える作戦が最優先になる。追加兵力の投入や戦費増額の予算などが次々に閣議決定されて、一カ月後には日本軍は北京（当時の名称では北平）およびその周辺を制圧した。その間に中国側では蒋介石と周恩来が会談して、日本に抵抗するために協力する「国共合作」が合意された。

日本政府としては北部を制圧した状態で有利な停戦をはかる思惑もあったが、交渉を始める間もなく戦闘は上海に飛び火した。非武装地帯を巡視していた日本海軍の陸戦隊士官が襲撃・殺害されたのである。上海の租界を警備していたのは陸戦隊だから大部隊ではない。紛争は中国軍が租界を包囲する形になった。アメリカ、イギリス、フランスの総領事は停戦と兵力の引き離しを両軍に要請したが、もうそんな段階ではなかった。

日本は直ちに陸軍を上海に送り、海軍航空隊は本格的な空爆を開始して、その攻撃範囲は国民政府の本拠地南京にも及んだ。こうして全面的な戦争が始まったことは、誰の目にも明らかになった。それでも日本政府は宣戦布告することなく、「北支事変」から「支那事変」へと名称を変えただけだった。戦争の当事国になれば国際連盟の不戦条約に反し、中立国からの支援が得にくくなる。その事情は中国の側でも同様だった。

この全面戦争への突入は、計画通りに実行されたのだろうか。各種の資料を読み合わせてみると、どうもそのようには見えないのだ。日本の大陸進出への欲望は、満洲国の樹立によってほぼ満たされていた。中国本土への利権については、清国の弱みにつけ込んだ欧米各国の側に日本も参加したという形である。中国に新しい統一国家ができて力をつけてくれば、遅かれ早かれ不平等な条約は見直されるだろう。

しかし中国の混迷は根が深く、共産主義がソ連から入ってくるという問題もあった。日露戦争でロシアを退け、アジアの盟主になったつもりの日本としては、隣国が不安定のままでいるのは気になって仕方がない。任せてくれればいいんだという傲慢《ごうまん》な気分があったのは事実だろう。その上に日本軍は連戦連勝である。

それでも全面戦争を仕掛けて中国全土を占領するような作戦は存在しなかった。既得権を確保し、在留邦人を守るために最低限必要な実力行使に止めてきたつもりである。しかし紛争には常に相手方がいて、相互に刺激し合って緊張を高めることが多い。相手が信用できなくなったら、武力に訴える誘惑は強くなる。

さらに加わってくるのは、すでに払った犠牲に見合う成果が得られなければ引けないという感情である。今までの苦労が無駄になるのでは救われない。だから巨大なプロジェクトほど中止が難しいのだ。そして、この世に戦争ほど巨大なプロジェクトはない。

南京では何が起きたのか

昭和十二年（１９３７）の十二月、日本軍は南京を占領した。北京近郊で戦闘が始まってからわずか半年という早さで中国の中枢部分を支配下に置いたのである。地図を見ればわかるが、これは満洲の広さにも匹敵する驚くべき広さだった。日本軍は上海では苦戦もしたが、膠州湾《こうしゅうわん》に上陸して背後を突く作戦で突破した。

中国軍は総じて弱かった。膠州湾作戦に従軍した作家の火野葦平は、著書『土と兵隊』で「攻撃を始めるとすぐに戦意をなくして降伏する、彼らは武器も体格も貧弱だった」と記述している。加えて制空権も制海権も日本側にある非対称の戦闘だった。にもかかわらず日本兵には十分な補給も休息も与えられず、ただ前進のみを命じられて疲弊《ひへい》していた。

こうした中で大量に発生する捕虜への準備が、日本軍には何もなかった。日露戦争のときのロシア軍の捕虜も、第一次世界大戦でのドイツ軍の捕虜も、日本は丁寧に扱ったのだが、どちらも相手は白人であった。今回の相手は近隣のアジア人で、日頃から暴虐無礼《ぼうぎゃくぶれい》で無節操などと敵意と侮蔑《ぶべつ》の対象として宣伝されてきた人たちである。そして日本軍には、戦時の捕虜に対する教育も訓練も皆無だった。

さらに悪いことに、この戦闘は「戦争」でなくて「事変」であり、ゲリラ掃討戦の延長という感覚がある。降伏した敵を背後に残したら自分たちが危ない。判断を現場に任せたら、手間がかからず安全な方法を選ぶだろう。この時期の新聞報道には、戦果の発表として「遺棄死体」の数が添えられていた。そこに人の尊厳はありようもない。

この「戦争のようで本当の戦争ではない」半端な感覚は、「銃後」と呼ばれるようになった「内地」にもあった。日本の航空隊の活躍は聞かされるが、敵機が内地を空襲に来ることはない。出征兵士が増えて戦時らしい緊張感は強まるが、伝えられるのは日本軍の目ざましい戦果ばかりである。敵の首都南京の攻略は、待ちに待った慶事《けいじ》であった。町内会は旗行列の準備に活気づき、夜の提灯行列で祝った町もあった。

中国軍は早々に南京の防衛を放棄していた。優勢な日本軍を前にして決戦を挑むことを避け、戦力の温存をはかったのである。残存していたのは統制から外れた雑軍だけであった。南京大虐殺の犠牲者の数はどれほどであったのか、その数については十万とも三十万とも言われるが、信頼できる統計数字は残っていない。

ただ明らかなのは、当時の日本に起こっていた極度の道徳心の低下である。南京攻略戦で「百人斬り競争」をした将校がいたことを、新聞は武勇伝のように実名入りで報道していた。正規の戦闘でそれほどの人数を日本刀で斬っていられるわけがない。徳をもって接すれば新秩序建設の人材になるかもしれない人々をも、見境なく殺していたのだ。

国民政府を相手にせず

首都の南京を占領したのだから、通常の戦争ならここで勝負がついて和平交渉が始まるはずである。ところが先方は島国ではなくて奥が深い。蒋介石が率いる国民政府は奥地の重慶を拠点として抗日戦を続ける構えをとった。そのまたはるか北方の延安には「長征」と呼ばれる困難な転戦を耐え抜いた共産軍がいた。

ここで日本がとった政策は、日本の支配地域に中華民国臨時政府を作ることだった。広大な中国の主要部を軍の力だけで統治できるものではない。親日的な中国人による官僚組織ができれば、円滑な統治が可能になる。さきに満洲国で行った成功体験が、軍部のみならず政府中枢の意識に中にあったのは確実である。その期待に応じるように、親日指導者の汪兆銘《おうちょうめい》は重慶から脱出してきた。

それより早く、昭和十三年（１９３８）の初頭に近衛内閣は「国民政府を相手にせず」との声明を発表した。今後は提携できる新政権の成立発展に期待する、これが帝国不動の方針だと言い切ったのである。これで正統な中華民国政府と交渉する道を自ら封じてしまった。愚かな珍声明だったと後世の歴史家から揶揄《やゆ》・批判されるのだが、まことに自分本位の、冷静な状況判断を欠いた態度表明だった。

これで戦況が落ち着くわけがない。国民政府軍の主力と、政府軍の指揮下に入った八路軍（共産軍）は、奥地を拠点として反攻の機会をうかがっている。これを殲滅《せんめつ》しようとして日本軍が大規模な作戦を展開しても、都市は占領できても包囲殲滅《せんめつ》はできない。占領地が拡大して勝っているようでも泥沼の消耗戦である。その繰り返しになった。

その一方で実効性のある親日政権の樹立は遅々として進まなかった。多くの近親者を殺されている民衆の反日感情は満洲の比ではない。下手に日本に協力して恨みを買ったら中国人として生きて行けなくなる。本来なら警察も軍隊も中国人の組織を作るべきだが、実力を持たせたら日本軍には脅威になる。新政府に自主性を持たせて安定した新秩序をつくるなどは、夢のまた夢のような話だった。

結局、汪兆銘が曲りなりにも新政府の成立を宣言して南京を首都と定めたのは、二年後の昭和十五年（１９４０）にずれ込んだ。それによって日本軍の負担が少しでも軽減したという資料はどこにも見当らない。中国本土への侵攻は、日本にとって労多くして採算の全くとれない作戦だった。戦争に勝って戦略で負けた典型である。

近代日本の戦争史を見てくると、成功例は準備を整えて短期決戦で戦った場合に限られているのがわかる。国民性からも国力からも、長期戦を戦いぬいて最後の勝利を得るというタイプではないようだ。自力で止められなくなった戦争は破局へと向かう。

国家総動員、ノモンハン事件、そして第二次世界大戦

大陸で戦争が進む間に、国内の雰囲気は一変した。昭和十三年（１９３８）には国家総動員法が制定されて、あらゆる資源と生産力を国が統制管理して戦争に振り向けることとなった。兵役法も改められて各種の猶予措置が廃止され、男子の国民皆兵が徹底した。さらに「国民精神総動員」が唱えられて、町では「ぜいたくは敵だ」が合言葉になり、隣組《となりぐみ》の組織と回覧板制度が義務的に整備されてきた。

緊迫していたのは中国大陸の戦線だけではなかった。満洲とソ連との国境では従前から紛争が散発していたが、西側はソ連の衛星国となったモンゴルと接しており、国境線が不明確な牧草地域があった。昭和十四年（１９３９）ここで満洲国軍とモンゴル軍のパトロール隊が衝突したのをきっかけに、ノモンハン事件が起こった。かねてソ連との対決を不可避と考えていた関東軍は、強硬姿勢で臨んでソ連軍との本格的な戦闘を招いたのである。航空隊や戦車隊も動員した近代戦のテストケースでもあった。

緒戦では日本の航空隊が優勢だったが、戦車戦では質・量ともにソ連軍に圧倒される結果になった。日本軍は白兵戦で善戦したものの損害は大きく、隊を全滅させて自決する指揮官も多く出た。戦闘は夏の五カ月間におよび、ほぼソ連・モンゴル側が主張する国境線

で停戦して終るのだが、この事変は国際関係の変化とも連動していた。

すなわちドイツとソ連が突如として相互不可侵条約を結んだのがこの年の八月である。これは日本とドイツが協力してソ連に当ることを約束した日独防共協定に反するドイツの裏切りだった。なぜドイツがこのような不可解な行動をとったのか。その答えは間もなく始まったドイツのポーランド侵攻だった。ソ連との間でポーランドを分割する密約が出来ていたのである。イギリスとフランスはドイツに宣戦布告して、ここに第二次世界大戦が始まった。ただしこの段階ではまだ局地戦にとどまっていた。

それにしても日本の外交は情報不足で拙劣だった。ヒトラーのドイツを盟友としてソ連を仮想敵国としていたのに、ソ連は安心してノモンハンで軍事力の優位を日本に見せつけたのだった。ソ連軍が手ごわいことを知った日本は、その後昭和十六年（１９４１）になって日ソ中立条約を結ぶのだが、そのときにはドイツはすでにソ連への侵攻作戦を準備中であり、日本の行動はソ連を利してドイツとの戦争への集中を可能にした。

ノモンハン事件からも、日本軍が学ぶべきことは多かった。近代戦では航空機や戦車、火砲などの性能と数と機動力が勝敗を決めるということ。歩兵が精強でも、援護がなければむなしく全滅するだけに終ることなどである。しかし日本軍には欠点を直す技術も生産力も時間も、そして意識も不足していた。

紀元は二千六百年

昭和十五年（1940）は、いろいろな意味で意義深い年になった。この年は日本紀元（皇紀）で二千六百年という節目の年に当っていたのである。この暦法は、明治五年に定められた。日本書紀の記述をすべて正しいとして計算したから、神武天皇の即位は西暦紀元前六百六十年になる。日本は世界最古の帝国ということになったのだ。

しかしこれが歴史的事実と一致しないことは最初からわかっていた。上代の天皇には百歳を超える例が続出し、確かにその名前で実在した天皇は、三十三代の推古天皇以降だと言われる。しかし当時はこの「皇国史観」は科学を超えるものとされ、日本民族の誇りとして教科書でも教えられていた。ちなみに海軍機の零戦《ゼロ》、一式陸攻などの呼び名は、皇紀のその年に制式採用されたことを示している。

本来この年には東京でオリンピックが開催されるはずだったが、ヨーロッパでもアジアでも戦争が始まってしまったため中止となった。その代わりに日本の国内を一時的に華やかにしたのが紀元二千六百年の記念行事だった。盛大な式典が神宮競技場で行われ、東京の市電は夜間まで華麗な花電車を運行し、町には奉祝歌が流れた。

金鵄《きんし》（注）輝く日本の　栄《は》えある光身に受けて

（注）「金鵄」は神武天皇の弓に止まって光を放ったと言われる神話上の鵄《とび》。

今こそ祝えこの朝《あした》　紀元は二千六百年
ああ一億の　胸は鳴る
ところがこの歌にはすぐに次のような替え歌が出来て広く歌われた。
金鵄あがって十五銭　栄えある光三十銭
今こそあがるこの物価　紀元は二千六百年
ああ一億の　金が減る

「金鵄」も「光」もタバコの銘柄で、五割値上げでこの値段になった。日本の人口は一億に達していたが、それは台湾、朝鮮も含めてのことである。国運が発展しているように聞かされてはいても、国民は身に迫ってくる生活の困窮を予感していた。

この年にはまた、日本外交の前途を決定的に制約する日独伊三国同盟がベルリンのヒトラー官邸で調印された。西部戦線で攻勢に出たドイツは、電撃作戦でフランスを破り、全ヨーロッパを支配下に置く勢いを示していた。アジアで孤立を深めていた日本は、「勝ち馬に賭ける」誘惑に勝てなくなったのである。この三国同盟は、加盟国への攻撃に対して三国が共同して対処する集団的自衛権条項を含んでいた。

日本側の思惑としては、アメリカを牽制して日本に有利になると期待したとも言われるが、とんでもなく甘い見込み違いで、まさに日本外交痛恨の不覚であった。

ABCD包囲網と日独伊三国同盟

後から見れば日本を見込みのない戦争と、悲惨な敗戦に引きずり込んだ三国同盟だったが、当時の新聞論調をはじめ国内の空気としては歓迎の一色だった。ドイツの強さを見せつけられていたこともあるが、これで頼もしい同盟国が出来た、ドイツはヨーロッパで、日本はアジアで、競い合って新秩序を作っていくという高揚感があった。

その背景には中国大陸での戦争が、いつまでたっても片付かない閉塞感があった。満洲国建国以降の新聞の解説などには、よく「ABCD包囲網」というものが図入りで出ていた。Aはアメリカで太平洋の向こうから、Cはチャイナで当面の敵で、Bのブリテン（イギリス）とDのダッチ（オランダ）は南アジアから、日本を包囲して圧力をかけてきているという解説だった。そして中国の蒋介石政府がいつまでも屈服しないのは、これら欧米諸国から援助を受けているからだと説明されていた。

そうした中でドイツ軍は西部戦線で攻撃を開始するや、わずか三十五日でパリを占領しフランスを降伏させてしまった。ヨーロッパ全土を支配下におさめたドイツは、イギリス本土に対して激しい爆撃を開始した。ヒトラーはこのときイギリス本土への上陸作戦を考えていた。イギリス政府もまた、王室と政府のカナダへの避難を真剣に検討していた。日独伊の三国同盟は、このような世界情勢の中で結ばれたのである。

ＡＢＣＤ包囲網の中で、ＢとＤはドイツに屈服して消えたように思われた。包囲の一角が崩れたことは、日本にとって明るいニュースには違いなかった。しかしこの三国同盟に徹頭徹尾反対していたのは日本海軍の首脳だった。ドイツと同盟を組めば必然的にイギリスそしてアメリカと対立することになる。ところが日本の海軍は、そもそもアメリカとイギリスを同時に敵に回すことを想定して作られてはいないのだ。その上に燃料である石油の輸入をアメリカに頼っているのだから始末が悪い。

海軍は米内光政、山本五十六《いそろく》らがドイツとの同盟絶対拒否を貫いてきていたが、陸軍や右翼からは激しい反発を受けて刺客《しかく》（注）を送られるほどだった。しかし米内内閣が陸軍の策動で倒され、第二次近衛内閣になって雰囲気が変った。もはや海軍だけが反対しても大勢には勝てなくなり、最後は「三国同盟を結んでもアメリカと戦争にならない方策を模索する」という消極的な賛成で説得されたのだった。

天皇はこれらの過程で何度か懸念を示していた。米内を首相にしたのも、彼なら戦争を遠ざける政策をとりそうだと期待したからだった。冷静に考えれば、日本はドイツと違って失地回復の戦争を仕掛ける動機はない。日本とアジアが平穏で公正に扱われればそれでいいのだが、なぜこんなに難しいのか。多事多難な昭和十五年（１９４０）だった。

（注）「刺客」は暗殺者のこと。今の言葉なら「殺し屋」またはテロリストか。

ドイツ・ナチスの党大会（1941 年）

第三章　運命の昭和十六年

運命の昭和十六年（その一）

昭和十六年（１９４１）の日本がどういう形であったのか、ここで確認しておこう。領土の北方は南樺太と千島列島で、北端の占守島《しゅむしゅとう》が国境の島である。西は朝鮮が日本領で、その先に保護国としている満洲がある。南には沖縄の先に台湾があり、さらに太平洋の赤道近くまで広がる南洋群島が日本の統治領となっている。

海軍の戦力は、軍縮条約で主力艦の米英日の比率が五・五・三に制限されていたが、この条約は五年前に破棄されて、日本は戦艦「大和」などの建造を進め、完成に近づいていた。航空兵力の充実でも、日本は世界の最高水準を達成しつつあった。基礎的な生産力では劣るものの、当面の戦力としては一通りの備えができたように見えたのである。

陸軍は中国戦線での戦いを三年半も続けていた。日本国内は、日を追って戦時下の様相を示してきた。この年の初頭に、陸軍大臣の東条英機《ひでき》は「戦陣訓」を示達している。動員が続く軍の統制を引き締める趣旨の訓示だったが、これがマスコミを通して公表され、あたかも国民すべての心得であるかのように宣伝された。その中に次の一節があった。「恥を知る者は強し。常に郷党家門の面目を思い、いよいよ奮励してその期待に答うべし。生きて虜囚《りょしゅう》の辱《はずかし》めを受けず、死して罪禍の汚名を残すことなかれ」。

日本は俘虜《ふりょ》の待遇に関する国際条約に調印はしたが、批准はしていなかった。日本軍は降伏しないのだから、敵の捕虜だけを優遇するのは片務的で不利になるという意見が軍の内部にあったからだと言われる。国家の命令で市民が戦争に参加するという、近代的契約の思想は日本軍にはなかった。身命を捧げる武士の論理で兵を縛っていたのである。それを国民すべてに適用したらどうなるのか。

四月になるとモスクワでソ連との間に日ソ中立条約が結ばれた。担当した外務大臣は、国際連盟からの脱退以来、人気のあった松岡洋右《ようすけ》だった。北方からの脅威を緩和したこの条約は、国民には少し安心で好意的に受け入れられた。ところがそのわずか二カ月後の六月、ドイツ軍は大挙してソ連領内に侵攻を開始した。イギリス本土を攻略できず手づまりになった戦況の打開をはかったとされるが、チャーチルはこのときドイツの敗戦を確信して大いに喜んだと言われる。しかし日本の政府は混乱するばかりだった。

その間にも日本軍は仏印《ふついん》（仏領インドシナの略で、今のベトナム、ラオス、カンボジアに当る）への進駐を進めていた、中国の蒋介石政府への援助ルートを断つ目的があり、フランスがドイツに降伏して敵国でなくなったため、無血での進駐が可能になったのだった。しかしアメリカの対抗措置はさらに厳しくなり、経済断交に近いものに強められた。日本は石油を輸入できなくなった。海軍の燃料備蓄は二年分しかない。

運命の昭和十六年（その二）

昭和十六年の日本には、三つの選択肢があった。第一は国際協調への復帰である。アメリカに譲歩すれば、まだ決定的な対立は避けられた。アメリカの要求のおもなものは、日独伊三国同盟の凍結と、中国および仏印からの撤兵だった。三国同盟の凍結とは要するに日本がアメリカとは戦わないことだから、黙って実行すればよい。問題は中国からの撤兵で、近衛首相から打診された陸軍は「十万の犠牲を払った成果を無にすることは絶対にできない」と妥協しなかった。

しかし泥沼の長期戦に手を焼いていたのは他ならぬ陸軍自身だった。外圧に応じて一時的に兵を引くというのは、国民の不満がアメリカに向かうから、軍にとってはかえって好都合だったかもしれない。親日政府は重慶政府に吸収されるだろうが、それは中国人同士の問題になる。共産軍は国民政府軍との抗争を再開するだろう。アメリカは基本的には中国の共産化を望まないのだから、日本にも次の出番はある。

第二の道は、石油獲得に目的をしぼった実力の行使である。アメリカの禁輸を非難し、自存自衛のために最低限必要な資源を獲得すると宣言して、インドネシアの油田地帯に宣戦布告なしの「事変」を仕掛ける方法である。この場合はイギリスもアメリカも対応に苦慮することになる。イギリスは本国が大変なときに日本と全面的な戦争をしたくはない。アメリカ大統領には、海外の戦争には兵を送らない公約がある。

しかし日本軍の行動が目に余れば、ただ傍観しているわけには行かなくなる。アメリカは戦争のきっかけになるような挑発行動に出てくる可能性があった。日本海軍は実際に石油獲得作戦を立案してみたのだが、いつどこで戦争状態に入るかの予想ができなかった。アメリカの作戦で、アメリカの望む形での開戦には不安がつきまとった。それよりも自前の作戦で戦いたくなるのが軍人の本能というものである。

その間にも燃料は消費されて行く。あと二年間で日本の軍艦は動けなくなるという見通しが、政策決定者にこの上なく強いストレスを与えたであろうことは想像に難くない。太平洋でアメリカと戦って勝てるかと聞かれた山本五十六は、「やれと言われれば半年や一年は暴れ回ってお目にかけるが、二年三年先のことは全然責任が持てません」と答えている。アメリカを相手に完勝が可能と思う者は一人もいなかった。

それでも開戦に傾いたのは、「このままでは三年後にはジリ貧で滅びる」という恐怖と対比したからである。負けない場合の唯一の理由づけは、民意に弱いアメリカは、一撃すれば戦争を嫌って和平に応じるだろうという、他人任せの楽観だった。それは第三の道などではなくて、選択を放棄して自ら墓穴を掘る思考の停止だった。

運命の昭和十六年（その三）

この年の十月、日本は分水嶺を越えた。近衛首相が対米交渉の継続を志向しながらも、陸軍を説得できずに内閣を投げ出したのである。後任を拝命したのが陸軍大臣の東条英機だった。主戦論者であった東条に責任を負わせることで、慎重な態度を引き出せるかもしれないと期待したとも言われるが、要は楽な道を選んだだけのことだった。

じつはここに大きな選択肢があった。陸軍大将だった東久邇宮稔彦王《ひがしくにのみやなるひこおう》を起用する皇族内閣の構想があり、近衛も東条も同意して当初は最有力候補だった。稔彦王は天皇の意を体して主戦論には批判的だった。しかも現役の大将であり皇族であれば、陸軍を抑えられる可能性があったのである。しかしこの案には内大臣の木戸幸一が強硬に反対した。失政があった場合には、責任が皇室に及ぶというのである。

歴史にやり直しはきかないのだが、天皇はここで決断をすべきだった。国を亡ぼすかもしれない決定にも関与しないのでは、統治者としての責任を放棄したことになる。まして軍を動かすかどうかの決定については、憲法の上からも統帥権は天皇に属していたのである。閣議の決定は承認するのが慣例であったとしても、天皇の強い意思が示された場合、当時の日本でそれを全く無視することが可能だっただろうか。

戦後の回想で、天皇は「自分だけが開戦に反対しても、政変が起きただろう」と語ったとされている。二・二六事件などが念頭にあったのだろうが、陸軍といえども天皇を弑逆《しいぎゃく》(注)や廃位してまで開戦に突き進んだとは考えられない。立憲君主制の制約を意識するとともに、天皇の気持の中にも「死中に活を求める」奇跡的な勝利への期待が、少しはあったのではなかろうか。天皇もまた楽な道を選んだ。

しかしこの年の冬に向かって、ヨーロッパでは深刻な事態が進行していた。東部戦線のドイツ軍は、破竹の勢いでソ連領内に占領地域を拡大し、モスクワの陥落も時間の問題と思われていたのだが、その進撃がモスクワの手前でも、北部のスターリングラード（現在のヴォルゴグラード）でも、停止したのである。ドイツはソ連に完勝して、ドイツのヨーロッパにおける覇権が長期にわたって安定するという前提が崩れるきざしだった。ドイツがヨーロッパで勝ち切れない以上は、三国同盟は崩壊する。

日米の開戦があと一カ月、いやあと二週間遅れていれば、天運は日本を救ったかもしれない。日本がアメリカと戦わず、ドイツの戦争をドイツに任せた場合の日本の利益は、はかり知れないほど大きい。アメリカはいずれ理由をつけてドイツとの戦争に参加しただろう。日本はアメリカに「戦わない」という恩恵を与えるだけで、かなりの妥協を引き出せる可能性があった。そして日本海軍は無傷のままで太平洋を支配していられたのだ。

（注）「弑逆」とは、臣下が天皇を殺すこと。

運命の昭和十六年（その四）

　昭和十六年（１９４１）十二月八日、日本は米英二国に対し宣戦を布告した。日本軍の初動の作戦は、みごとな成功だった。最初の武力行使はイギリス領マレー半島への敵前上陸だった。大本営発表で「西太平洋において米英軍と戦闘状態に入れり」と発表したのは、このことを指している。

　その二時間後、ハワイは七日、日曜日の早朝だった。日本海軍機動部隊の総力をあげた六隻の空母から発進した三百四十機の大編隊が、真珠湾に停泊していたアメリカ太平洋艦隊を襲撃した。爆撃が始まるまで気づかれない奇襲により、八隻の戦艦のうちの四隻を撃沈、残る四隻も中小破させて戦闘不能にする大戦果をあげた。

　この作戦には、燃料タンクや修理施設なども破壊すれば効果が大きかったのに、戦果の拡大が不十分だった、索敵機を出せば空母二隻も捕捉して撃沈できたのに取り逃がしたなどの批判がある。さらにアメリカ側は旧式の戦艦を並べて日本軍の攻撃を誘ったのだという謀略説までが流布している。しかし日本側としては、太平洋の作戦を有利にするためには、非常の手段を用いても最初にアメリカ海軍の主力を叩いておく必要があった。山本五十六の賭けは、みごとにその目的を達した。

そのわずか二日後の十二月十日、マレー半島沖では、日本軍の上陸作戦を阻止しようとして出撃してきたイギリス東洋艦隊の戦艦プリンス・オブ・ウェールズとレパルスの二隻を、陸上基地から発進した海軍航空隊が撃沈した。飛行機が海上で戦闘行動中の戦艦を撃沈した世界最初の事例で、大艦巨砲主義の終焉を告げる出来事だった。こうして日本海軍は、太平洋で「無敵」の優位を確立することができたのである。

宣戦布告の詔勅はラジオを通して国民に伝えられ、翌日の新聞に全文が掲載された。その文言は「……彼は毫《ごう》も交譲《こうじょう》の精神なく、いたずらに時局の解決を遷延《せんえん》せしめて、この間かえってますます経済上、軍事上の脅威増大し以って我を屈従せしめんとす。かくの如くにして推移せんか東亜安定に関する帝国積年の努力は、ことごとく水泡に帰し、帝国の存立また正に危殆《きたい》に瀕せり。事既にここに至る、帝国は今や自存自衛のため蹶然《けつぜんた》起って一切の障碍《しょうがい》を破砕するのほかなきなり」と述べている。

戦争は常に自存自衛のためを理由とし、平和を目的にすると言って始められる。明治天皇がロシアに宣戦布告したときの詔勅も、これと酷似して露国が満洲を併呑せんとし韓国の安全を侵すと述べていた。それまでに自国が他国に与えてきた影響については顧慮しない。国民は極度の緊張を感じながらも、相次ぐ勝利の知らせに沸き立った。始まってしまった戦争は、もう誰にも止めることができない。

大東亜共栄圏

　開戦直後の十二月十二日、東条首相は閣議決定によってこの戦争を「大東亜戦争と呼称する」と発表した。これには「支那事変」をも含むこととされ、わが国は十二月八日午前一時三十分をもって「戦時」に入ったことを宣言した。ここからすべての政策は戦争に勝つことを目的として動員されることになった。

　大東亜戦争と名づけた根拠には、大東亜共栄圏という構想があった。長年にわたって欧米各国の植民地として支配されてきた東南アジアを、日本の武力によって解放し、日本を盟主とする新しい国際秩序の下に統合するという計画である。ヨーロッパ、アメリカと並び立って世界を三分する壮大な計画なのだが、早い話が東南アジアを日本の資源供給地帯と位置づけて、満洲国のように利用するということだった。

　それにしても、日本軍の当初の進撃ぶりはみごとだった。十二月十日にはグアム島を占領し、フィリピン北部に上陸している。中国におけるイギリスの拠点だった香港も、頑強に抵抗したものの年内の二十五日には降伏した。翌年一月二日にはマニラを占領し、一月下旬にはビスマルク諸島のラバウルに上陸した。二月十五日にはシンガポールのイギリス軍を降伏させ、三月初頭からはジャワ島に上陸して、わずか九日間でインドネシアのオランダ軍を降伏させた。ビルマ戦線では三月八日にラングーンを占領している。まことに順風満帆以上の、おどろくべき早さでの占領地の拡大だった。この時期の戦闘では制空権も制海権も日本側にあり、連合軍側は反撃を試みる度ごとに敗退して艦船を失っていた。連戦連勝が伝えられる日本国内では、もはや日本軍の不敗神話は不動のものとなり、やがて南方から豊富な資源が入ってきて豊かになるような幻想さえ生まれてきた。政府はむしろ「戦いはこれからだ」と楽観を戒めるのに躍起だった。

この頃はアメリカ側にも深刻な危機感があった。日本軍がアメリカ西海岸に上陸作戦を行う場合、これを防ぐことは不可能と考えられたのである。上陸した日本軍をロッキー山脈で阻止する作戦が、真剣に検討されたと言われる。日本軍にはそこまでの作戦はなかったのだが、アメリカは本気で戦って勝つ方法を考え始めていた。一撃されたら戦意をなくすような国では全然なかった。国交断絶通告手続きの遅れで、真珠湾攻撃が不意打ちになってしまったのが決定的な復讐心を呼び起こしていた。

開戦から半年で、大東亜共栄圏に相当する区域は、ほぼ日本軍の制圧するところとなった。しかし軍事的な占領が現地の生産力の向上や、まして現地の人々の民生向上に結びつくには、適切な施策と長い時間が必要になる。日本にそれだけの準備と計画はなかった。なにしろアメリカと開戦して南方に進出すること自体が、急に決まったことなのだ。

東京初空襲の衝撃

万事順調に見えていた初期の戦況の中で、国民に衝撃を与えたのが昭和十七年（1942）四月十八日の東京初空襲だった。アメリカ軍は敗戦つづきで沈滞していた市民を勇気づけるためにも、何としても一矢報いる必要があった。そこで計画したのが空母に航続距離の長い中型機を乗せ、日本本土を空襲することだった。選ばれたのは陸軍のB25爆撃機で、片道攻撃で日本本土を爆撃したあとは、中国大陸の国民政府軍地域まで飛んで不時着陸することになっていた。言わばアメリカ版の特攻攻撃である。

これが日本軍の警戒網をかいくぐって成功した。哨戒艇が空母ホーネットを発見したものの、遠距離からの空襲を予想せず、日本側は警戒警報を出しただけだった。分散して低空から侵入した敵機を監視哨は発見できず、爆撃されてから飛び立った迎撃の戦闘機は、高く上がり過ぎて役に立たなかった。十六機のうち中国の日本軍側に着地して残骸を手に入れたのは一機だけだったが、大本営は「九機撃墜」と発表した。大本営の嘘つきの始まりである。パラシュート降下などで捕虜になった乗員に対しては、非戦闘員を銃撃したなどの理由で死刑を執行したため、アメリカ世論の憤激を招いた。

地球儀を見ればわかるが、太平洋を北上するほどアメリカと日本の距離は近くなる。この空襲による被害は軽微だったが、空襲に弱い日本の地形が露呈される結果になった。そこから海軍の主導によるミッドウェイ、アリューシャン作戦が企画された。南方では日本軍の占領地拡大は一段落して、日米の戦力差は縮まってきていた。五月には珊瑚海《さんごかい》海戦があり、これは史上初の空母機動部隊同士の戦闘になった。アメリカ軍はハワイで戦艦群を失ったが、空母部隊は健在だった。この海戦の結果は、双方が空母一隻ずつを失う互角の勝負となった。

開戦からここまでの戦局の推移を見渡すと、日本軍の攻勢は半年間で終っていることがよくわかる。事前に蓄えた戦力を展開して敵の弱点を突いたという点では、模範解答に近い結果を出すことができたのだが、その先は相手の出方を見ながら応用問題を解いて行かなければならなくなる。この段階から、それぞれの国の実力が試されることになるのだ。実力を発揮するには創意工夫が必要になる。その場合には過去の成功体験は、かえって邪魔になるように思われる。

この時点でアメリカとドイツ、イタリアは相互に宣戦布告して文字通りの世界大戦を全力で戦っていた。日独伊は三国で同盟はしていても、ヨーロッパは遠過ぎた。日本はドイツからの対ソ連戦の開始要請を断るだけで精一杯だった。始めてしまったアジアでの戦争は、日本から言い出さない限りは、和平の動きなどどこからも出ようがなかった。

ミッドウェイ海戦の悲劇

真珠湾奇襲を成功させた連合艦隊司令長官の山本五十六は、国民的な英雄として信頼を集めていて、その影響力は軍の内部でも大きかった。その山本は東京初空襲を受けて「陛下に申し訳ない」と古風なことを言った。彼の脳裏には、アメリカの空母艦隊を早く撃滅したいという強い願望があった。

本来なら半年にわたる初期の作戦成功を総括して、占領地の確保をはかる長期持久の戦略に転換すべき時期である。活躍をつづけた日本の空母機動部隊も、補修と損耗人員の補充を必要としていた。しかし山本は北方からの脅威を取り除くとともに、敵空母を誘い出して撃滅する作戦としてミッドウェイ島の占領を計画した。この作戦には、占領しても維持するのは困難とする異論も出たが、山本は譲らなかった。

結局ミッドウェイ作戦は帝国海軍空前の大規模作戦として昭和十七年（１９４２）六月に発動されたが、内容には数々の問題があった。まず、島の占領と敵空母の撃滅と、どちらが主目的なのかが不明確だった。アリューシャン列島の攻撃占領のために空母艦隊を二つに分割した。搭乗員の訓練が不十分で真珠湾攻撃のレベルには及ばなかった。そして情報管理が甘く、作戦が事前にアメリカ側に知られていたという重大な事実を自覚していなかった。この暗号漏れの問題は、俗説のようにすべてが筒抜けではなかったのだが、その後の日本軍の作戦を著しく不利にして行くことになる。

接近した日本軍の空母艦隊に対しては、陸上基地からの爆撃が執拗に繰り返された。それにアメリカ空母からの攻撃隊が加わり、防衛戦闘機隊の奮戦でその多くは撃墜したものの、最後は力尽きて日本の主力空母四隻のうちの三隻は被弾して火災を起こした。艦内は攻撃機の装備を陸上用の爆弾から魚雷に変更するために混乱していた。敵艦隊の発見が遅れたために、攻撃の機会を失したのだった。あと五分あれば攻撃隊を発進させて正反対の戦果になったといった記述が戦記には見られるが、すべては後の祭りであった。

戦闘の詳報を読むと、空母は攻撃隊の発進と収容以外にも、防衛戦闘機の発着や補給などもあって修羅場になるのがわかる。指揮系統の混乱は致命的な敗戦を招くのだ。離れた位置にいて被弾を免れた「飛龍」だけが残存の攻撃機を発進させて敵空母の一隻を沈め一隻を損傷させたが、日本は主力空母四隻を一挙に失う結果になった。ミッドウェイ上陸は放棄され、アリューシャン列島の二島占領だけが実行された。

山本長官はこのとき責任を感じて自決まで考えたと言われる。酷なようだが実行してほしかったと思う。軍は最強の官僚組織であり、指揮官は誰も降格されなかった。国民には互角の戦いと発表され、アッツ、キスカの二島占領が強調された。

山本五十六の使命

ミッドウェイ敗戦の悲劇は、それが国民には悲劇として伝えられなかったことが最大の悲劇だったのかもしれない。山本五十六は開戦の前に、やれと言われれば半年や一年は暴れ回ってお目にかけるが、その先は責任が持てないと発言している。その約束の通りに戦果をあげた半年間だったが、ちょうど半年で一つの限界を露呈したわけだ。山本がミッドウェイの責任をとって本当に自決したらどうだったかを私は考える。

山本はまた「アメリカと戦うからには、ワシントンまで行く覚悟が必要」とも語っていて、これが新聞報道されアメリカにも伝わり、狂信的軍国主義者と思われていたとも言われる。事実は、政治家にはそれほどの覚悟があるのかと自制を求める発言であり、真珠湾攻撃が開戦通告よりも先に行われたことについても「海軍はそんな卑怯な作戦を立てていなかったことを、しっかり記録して欲しい」と気にしていた。

ここで私が空想するのは、もし山本が自分の生命を差し出すことでアメリカとの停戦が実現するという条件を示されたら、喜んでそうしたろうということだ。この時点で停戦すれば、日本軍は総体的にはまだ優位だった。大東亜共栄圏に必要な地域はすでに確保されている。優秀な政治家がいたら、山本五十六の殉職を公表した上で、アメリカとの停戦を交渉する余地があったかもしれない。その後の経過を予想すれば、かなりの譲歩をしても日本にとっては有益だったはずである。

しかし勝っているつもりの東条内閣からそのような発想が出てくる可能性はなかった。負けているアメリカは徐々に反撃の準備を進めて戦意は高揚しており、日本の軍国主義を打倒したあとの戦後処理の方法までも研究していた。早期和平を実現するためには戦争の主導権を握っている側からの提案が有効なのだが、その機会は過ぎ去ろうとしていた。そして何よりも、歴史は後から書き換えることができないのである。

山本五十六がミッドウェイ後に実際にしたことは、「誰のことも悪く言うな、全部の責任はオレにある」という発言であり、空母喪失の徹底的な隠蔽だった。戦争目的が何よりも優先される時代にあって、それは究極の官僚の論理だった。軍は典型的な官僚組織である。山本は組織の中の優秀な作戦立案者であり指導者だったが所詮は海軍の軍人だった。ましてや国政の全体を司る政治家ではなかった。

山本が事前の約束通りに半年間暴れ回って見せても、それを受け止めて国運を開く政治家はいなかった。だからといって相手のアメリカが戦争をやめてくれるわけがない。戦争が長引けば不利になる一方であることを山本は知っている。それでも死なない以上は不得意な守備戦を指揮しなければならなくなった。

遠すぎた島ガダルカナル（その一）

太平洋戦争の激戦場となったガダルカナル島が、日本からどれほど遠い場所にあるのかを地図の上で確かめてほしい。それは赤道よりも南の、オーストラリアに近い北東方にある。この方面には、第二段階作戦としてオーストラリアとアメリカとの連絡を遮断する構想があった。この作戦はミッドウェイの敗戦で中止されたのだが、言わば攻勢の惰性として、敵の防備のないソロモン群島のガダルカナル島で、ラバウルの前進航空基地となる飛行場の建設が海軍の主導で始まっていた。

日本軍は、アメリカの反攻は早くても半年以上は先になるという甘い見通しを立てており、それはミッドウェイの敗戦でも変わらなかった。しかしアメリカ軍はミッドウェイ直後の昭和十七年（１９４２）七月から反攻作戦を発動していた。その最初の標的に選ばれたのがガダルカナル島と、隣接するフロリダ島に設けられた日本海軍の水上機基地だった。これらは戦線から突出した微妙な位置にあった。

つまりラバウル基地からは飛行機でぎりぎり往復できる限界の距離にあり、前進基地として安全に使われるなら問題はないが、そこを戦場としてラバウルの航空隊が戦うには厳しい条件になる場所だったのである。占領地域を拡大する段階なら、前進基地は片道飛行で行ける限界まで遠い方が効率がよい。しかし守勢になってそこが戦場になったら話は違ってくる。ここが日本軍の攻勢と守勢が逆転する象徴的な戦場になったのは偶然ではなかった。米豪遮断というのも虚構で、敵の迂回路はいくらでもあったのだ。

八月五日にガダルカナル島の飛行場は完成したが、それを待っていたように二日後にアメリカ軍は上陸してきた。優勢な機動部隊で制空権を確保した上で行われた本格的な作戦だった。島にいた日本側は設営部隊のみで抵抗力は弱く、苦労してアメリカのために飛行場を作ってやったような皮肉な結果になった。この飛行場がヘンダーソン基地と呼ばれるアメリカ軍の強力な拠点となり、日本軍を苦しめることになる。

日本軍は当初、この攻撃を飛行場の破壊を目的にした一時的な作戦と考え、アメリカ軍の本格的な反攻作戦が始まったとは認識しなかった。そのため上陸した敵兵力を過少に見積り、奪回のための兵力を小出しにしては殲滅《せんめつ》される「逐次投入《ちくじとうにゅう》」を繰り返した。海軍の艦隊運用もミッドウェイ以後は慎重になり、損耗を恐れる臆病に近いものに変わっていた。万難を排しても島の奪還をめざすのか、艦隊決戦で敵空母群の壊滅を優先するのか、大局的な戦略も定まらないままに島の周辺では海戦も頻発した。

それは文字通りの消耗戦だった。日米の戦力はここでは互角だったと評価されている。しかし互角に消耗したら生産力の弱い日本に勝ち目はなかった。

遠すぎた島ガダルカナル（その二）

ガダルカナルの戦いは昭和十七年（１９４２）八月から翌年の二月、日本軍の撤退まで半年間にわたって行われたのだが、この間に戦いの様相は日本軍の勝ちパターンから負けパターンへと変化して行った。当初は空でも海でも日本軍の個々の優位は残っていて、アメリカの航空隊が飛べない夜間の制海権は日本側に移ると言われていた。しかし昼になると日本のラバウル航空隊は短時間しか上空にいられないので十分な援護ができない。日本軍の補給は困難をきわめ、多くの輸送船をこの海域で失った。

ガダルカナルはかなり大きな島（千葉県よりも大きい）だが全体は熱帯のジャングルに覆われている。形の上では飛行場を包囲している日本軍には武器も食糧も届かなかった。中国戦線では日本陸軍の得意技だった銃剣突撃では、火力にすぐれた飛行場の防御陣地には通用しない。夜陰にまぎれて少人数で敵陣に奇襲をかける「斬り込み隊」の活躍などが武勇伝として伝えられたが、もちろんそれで挽回できるような戦況ではなかった。

海軍も高速の駆逐艦を使って補給物資を運び、潜水艦までも動員するほど協力したのだが、それはまた本業であるべきアメリカ軍輸送路への攻撃を弱めることを意味していた。戦艦を含む日本艦隊が、夜間にヘンダーソン基地を砲撃して飛行場を火の海にしたこともあった。陸軍の総攻撃と連動すれば勝機があったとも言われるが、それでアメリカ軍を完全に撃退できたかどうかは疑問が残る。

この時期に戦艦「武蔵」が就役して戦列に加わった。「大和」と同型だが旗艦としての指揮機能を追加した新鋭艦であり、期待を集めてトラック諸島の泊地に参加した。ところがそこから先へは一度も出動していない。動かない「大和」は海軍部内で「大和ホテル」と揶揄されていたが、こちらは「武蔵御殿」と呼ばれるようになった。ガダルカナルをどうするつもりだったのか、日本海軍は、ただ日暮れを待っていたように見える。

その間にも技術革新は進む。電波探知機（レーダー）が実用化されて、この頃から暗夜でのレーダー射撃も可能なレベルに近づいてきた。日本側でも研究が進んでいて、さほど遅れない技術は獲得していた。ただし応用技術力と工業力でアメリカを上回ることはなかった。時間経過とともに日本軍の相対的な戦力は低下して行く。

悲惨だったのは地上に取り残された陸海軍の残兵である。広い島内に数次の作戦で送り込まれた兵が散在して暑熱と泥濘《でいねい》と飢餓にさいなまれていた。ガダルカナルに送り込まれた兵力は累計で三万名を超えたが、半数の一万五千名は餓死か病死して、戦闘での死者は五千名と言われる。唯一の救いは、残りの一万名が撤退作戦で生還したことだった。これがガダルカナル作戦における、日本軍の最初で最後の成功例だった。

大東亜共栄圏と軍票

戦闘がガダルカナルに集中していた間に、日本軍が占領していた広大な地域はどうなっていたのだろう。構想としては日本を盟主とする新しい経済圏を構築することになっていた。そこでは日本語が共通言語として使われ、日本の円が共通通貨として流通するのが理想である。台湾、朝鮮、満洲で行ったことを繰り返すのが基本方針だった。

ところで日本の軍隊は外征すると「現地自活」が原則だった。生活に必要な物資は現地で調達するもので、本土から送り届けるものとは考えられていなかった。軍隊は生産活動をしないから、これは日本軍を養う費用を現地の人々に負担させるということである。そこで使われたのが軍票だった。日本の通貨をそのまま持ち込んだのでは乱発で日本国内がインフレになる。だから現地限定の通貨を作って強制的に流通させる必要があったのだ。この軍票の価値は、もっぱら日本軍の信用力に支えられる。

占領地域には日本から行政官、銀行家、経営者、技術者などの民間人も派遣されて現地人の指導に当った。欧米に支配されていた植民地経済から脱皮して「共栄圏経済」に適応するように、農作物の転換なども奨励された。そんな中でも最優先で進められたのは石油の増産と日本への輸送だった。これはある程度の成果をあげたのだが、ネックは輸送だった。まだ大型タンカーなどは存在しない時代である。貧弱な日本の輸送力は、アメリカ潜水艦の攻撃に対しても弱かった。

ビルマ、フィリピン、インドネシアに対しては、将来の独立を約束して現地指導者の協力を得る手法も用いられた。しかし軍政下では軍事目的が何よりも優先される。そして日本への忠誠心を養うことが大事だから、学校では日本語を教え、毎朝「宮城遥拝《きゅうじょうようはい》(注)」を励行させた。イスラム教徒の多いインドネシアでは、それだけでも反感を買ったと言われる。そしてどこでも華僑は迫害を受け、シンガポールでは大規模な虐殺の犠牲者を出した。インドネシアは労務者の供給地とされて国外へも大勢が送られたため、「ロームシャ」という言葉が今もそのまま国語の中に残っている。

石油、鉄鉱、ボーキサイト、ゴム、米など、資源の豊富な南アジアではあったが、資源を戦力化するまでには時間がかかる。資源さえ手に入れれば共栄圏が成り立つというのも虚構だった。現地には工業がなく、日本へ送らなければ製品化できない。足りない船を造ろうとしても、現地でできるのは木造船が精一杯だった。

戦争の末期になって、インドネシアでは志願制の防衛隊が組織され、これが独立戦争に役立ったと言われる。戦後になって日本政府は各国と補償の交渉をしたが、多くは国としての経済協力にとどまり、個人が受け取った軍票は補償外の紙屑となった。

 (注)「宮城遙拝」は、皇居の方角に向けて最敬礼すること。

ドイツの戦いとユダヤ人絶滅計画

　同じ頃にドイツはどのように戦っていたのだろうか。昭和十七年（１９４２）初頭の厳冬でドイツ軍のモスクワ占領は阻まれたが、まだ負けてはいなかった。夏とともにコーカサス地方の油田地帯の占領などに向かっていた。北アフリカ戦線ではイタリア軍とともに西方からエジプトに攻め入る勢いを示したが、アメリカ軍がモロッコ、アルジェリア方面に上陸したため、挟撃される形になった。

　大西洋ではイギリスへの補給路を絶とうとするドイツ海軍の潜水艦Uボートと、輸送船団を護衛するイギリス、アメリカ艦隊および航空隊との間で壮烈な戦いが続いていた。ここでもアメリカ軍の参戦によってドイツ海軍の損害は増大して行った。

　この年の一月、ベルリンの郊外でヒトラーの主導による重要な会議が開かれた。ここで「ユダヤ人問題の最終的解決」について協議され、ヨーロッパの各地に拘束されているユダヤ人を、一元的に管理して強制労働に使役し絶滅させる方針が決まったのである。この計画のために、アウシュビッツなど専用の施設が建設されて、同年の七月から稼働を開始した。この大殺戮は「ホロコースト」（元来は獣を丸焼きにするユダヤ教の宗教用語）と呼ばれ、ドイツが降伏するまでの間に五百万人以上が犠牲になったと言われる。ロマ族、障がい者など、ナチスの人種政策による虐殺も加えれば千万人を超えるとする説もある。

日本はドイツ、イタリアと軍事同盟を結んではいたが、有効な共同の作戦を組むことはできなかった。戦時中の交流は、潜水艦によるわずかな物資と兵器情報、重要人物の輸送などに限られた。犠牲の多い困難な作戦ではあったが、日独伊の三国が、それぞれ一回ずつは成功させている。ドイツから譲り受けた設計図は、日本の戦闘機の設計やレーダー式高射砲の開発に役立っている。

ドイツも日本も、ほぼ同じ時期に東西で最大面積の占領地を支配していたことになる。同しかし戦況がはっきりと不利に傾くのは、ドイツの方が日本よりも一年ほど早かった。同じ昭和十七年（１９４２）の秋からドイツ軍はスターリングラードに向けて二回目の攻撃をかけて市街戦を展開したが、やはり完全占領には至らなかった。その間に冬が来た。戦い疲れたドイツ軍には、二度目の冬に耐える力は残っていなかった。ソ連軍から逆に包囲されて総攻撃を受け、翌年二月には十万名の捕虜を出す歴史的な大敗を喫して終った。

このあとドイツ軍は最大規模の戦車戦で形勢の挽回をはかったが、そこまでで戦力は使い果たされた。その後のドイツ軍は、東部戦線で二度と攻勢に出ることはなかった。ヨーロッパで完勝した余力を使ってソ連をつぶしておくというヒトラーの目論見は完全に裏目に出た。ソ連との戦いがナチスドイツの命取りになったのである。

日本軍の奇襲で炎上するハワイ・真珠湾の米艦艇（1941 年 12 月 8 日）

第四章　アッツ島の玉砕

アッツ島の玉砕

昭和十八年（1943）に入ると、日本軍の新しい攻勢は見られない。ガダルカナル攻防戦と並行して行われたポートモレスビー作戦も、密林に無残な白骨をさらして終了していた。これはニューギニア島のオーストラリア側にある要衝を、道もない山越えの陸路で占領しようとしたもので、海からの上陸が失敗したあとの無理な作戦だった。

十分な食糧も持たず、ひたすら前進して敵の都市を占領することで、兵を休め傷病兵の手当てもする予定という「現地自活」主義の戦法は、中国戦線では有効だったかもしれないが、制空権がなくマラリアが猛威をふるう熱帯の戦場では通用しなかった。戦う相手がアメリカ軍でなく、オーストラリア軍主体でも同じだった。

ここまでの敗戦は、ガダルカナルもそうだが、悲惨ではあっても一応は撤退の決断によって作戦を終っている。ところが昭和十八年以降は、増援も撤退も不可能な孤島での戦闘が始まった。彼我の戦力差が大きくなった結果としてそうなるので、前線に残された守備隊の役目は、敵になるべく大きな損害を与えて攻撃の進度を遅れさせるための、捨て石に近いものになってくる。その最初の例がアッツ島になった。

アッツ島はキスカ島とともにミッドウェイ作戦で日本軍が占領した。位置としてはキスカ島の方がアラスカ本土に近い。日本軍はキスカ島に多くの守備隊を置き、アッツ島には二千六百五十名の陸軍部隊がいた。五月十二日、アメリカ軍は戦艦三隻と空母を含む援護のもとに一万一千名の兵力で上陸してきた。日本軍には迫撃砲、機関銃、小銃以外には高射砲しかなく、これを水平発射して応戦した。陣地も塹壕しかなかったが、よく戦ってアメリカ軍に死傷千八百名の損害を与えた。

大本営はアリューシャン放棄を決めていたので援軍は送らず、海軍も出撃しなかった。守備隊は次第に圧迫され、ほぼ二週間で壊滅に近づいた。五月二十九日、司令官の山崎大佐は残った三百名を集めて最後の訓示を行い、東京の大本営に宛てて「書類焼却、これにて無線機破壊」と打電して最後の突撃を敢行した。

アメリカ軍はこの突撃を予想していなかったため混乱して、日本軍の最後の突撃は米軍の師団司令部近くにまで達したと言われる。突撃に参加できない重傷者は事前に自決しており、日本軍の生存者は、わずかに二十八名だった。

この戦闘は大本営から「最後の一兵まで戦った玉砕」として発表された。戦争に負けたら全員が死んでしまうのが正しい戦い方だということになった。軍人ばかりでなく、広く国民すべてに与えた影響の深さは、はかりしれない。奏上を受けた天皇も「最後までよくやったと伝えよ」と命じたと言われるが、死んだ兵にどうやって伝えるのか。

山本五十六の戦死

アッツ島玉砕の少し前、ガダルカナルの戦局が終盤にさしかかったころ、山本五十六はトラック泊地の旗艦「武蔵」に座乗していた。ここでの連合艦隊司令長官の日常は、多忙ではなく悠々自適に近いものだったと伝えられている。ガダルカナルは奪回にこだわらずに放棄するのが合理的だと、山本自身は考えていただろう。東京の大本営が奪回を命じて消耗戦を長引かせたのは、天皇の意向が反映したからだと言われている。

一年間は約束通りに暴れ回ったが、戦争終結への動きはどこからも現れなかった。望ましいのはアメリカ空母艦隊を撃滅することだが、それが難しいのもわかっていた。この時期の山本は、新任の飛行兵を激励するときに必ず飛行時間を尋ねていた。彼らの技量が、山本が育てた真珠湾攻撃隊には及ばないことも知っていたに違いない。

当時の山本は現役の海軍軍人の中で、ただ一人残っていた日本海海戦の経験者だった。日露戦争の勝利を決定的にしたこの海戦を、山本が思い出さなかったはずがない。しかしいくら考えても日米の戦争がそのような形で終るわけがなかった。非常な幸運に恵まれれば一度は勝てるかもしれないが、アメリカがそれで和平を求めることはあるまい。それに対して日本にはその後の備えがない。最後は負けるしかないのだ。

そこで出来ることは、手持ちの戦力を使って可能なかぎり敵の反攻を食い止めることでしかなかった。先は見えているが何もしないわけには行かない、部下たちにも苦労させるが、納得して全力を尽くして貰うしかない。前線を一巡する視察を思い立ったときは、そのような悟りに近い心境だったように思われる。

「武蔵」から発信された長官視察の情報は、アメリカ側に探知解読されていた。長官がラバウルに移動した段階で、綿密な暗殺の作戦が立てられた。知名度の高い山本五十六の喪失は、日本軍および日本国民の士気を低下させるのに効果的であろうと期待されたのである。ソロモン群島ブーゲンビル島への飛行を狙うことになり、昭和十八年（1943）四月十八日、重戦闘機P38十六機が出動して乗機の一式陸攻を撃墜した。

島は日本軍の占領地域だったから、翌日には長官が機上で戦死したことが確認された。しかしこの事実は「海軍甲事件」として厳重に秘匿《ひとく》され、大本営から発表されたのは一カ月以上も後の、アッツ島戦の最中になった。

山本五十六には元帥の称号が贈られ、葬儀は六月五日に日比谷公園で国葬として盛大に行われて、ラジオで中継放送された。まだ東京の空に空襲の心配はなかった。山本は本格的な敗戦の修羅場を経験することなく、半ば自ら望んで死処を得たことになる。新聞もラジオも、一億国民は山本元帥の後に続けと呼びかけていた。

名ばかり独立と大東亜会議

昭和十八年（１９４３）の後半になると、ドイツ軍の敗退が加速してきた。東部戦線では次々に占領地を失い、北アフリカ遠征軍も降伏して、七月には連合軍はシシリー島に上陸してイタリア本土に迫った。ドイツの主要都市に対する米英空軍の猛烈な都市爆撃も始まった。この情勢にたじろいだイタリアでは政変が起こり、ファシスト党はムッソリーニを見限って国王を動かし、バドリオ政権を建てて連合国との停戦を求めた。ドイツ軍はイタリアの北・中部を占領してムッソリーニを救出したが、三国同盟の一角が崩れて、ドイツは完全に孤立することになった。

この事実は日本でも大きく報じられ、当時は「バドリオ」と言えば裏切り者の代名詞のように受け取られていた。しかし落ち着いて考えれば、このままヒトラーとつき合っていたら国が亡びるという危機感があったのだろう。党の評議会で意思決定しているのだから民主的な手続きを踏んでいるのだ。南欧国民の、しごく健全な判断だった。

日本では大本営の御前会議が九月に「絶対国防圏」を設定した。戦線を整理縮小して不敗の防御線を築く趣旨であり、それに沿った撤退作戦も開始されたが、このころから輸送船の被害が急増して軍の移動は困難をきわめ、多くは机上の計画に終って、兵力の弾力的な運用は容易に進まなかった。

その間にも政治的な配慮から、アジア諸民族の独立が促進された。ビルマは八月に、フィリピンは十月に、それぞれ独立を宣言し、インドもシンガポールで「自由インド」仮政府を樹立した。いずれも日本軍政下での独立宣言であり、直ちに日本と形式的な同盟関係を結んで、対米英の戦争に協力することとなった。インドネシアの独立については将来の約束とされ、志願制の郷土防衛隊が組織されて日本軍の教育を受けた。

十一月の五日と六日には東京で「大東亜会議」が開催され、日本、中国（汪兆銘政府）、満洲国、フィリピン、ビルマ、タイ、インドの代表が一堂に会して「大東亜宣言」を採択した。世界史上初めての有色人種のみによる国際会議で、決議は「大東亜各国は協同して大東亜の安定を確保し道義に基く共存共栄の秩序を建設す」と述べている。その内実が日本による日本のための秩序であっても、東条首相にとっては得意の絶頂であったろう。この会議は毎年開かれる予定だったが、これが最初で最後になった。

思えば東京で平穏に行事を組むことのできる最後の時期だった。同年の十月二十一日には、神宮外苑競技場で「出陣学徒壮行会」が行われている。理工系以外の大学・専門学校生の徴兵猶予が取り消され、満二十歳以上は入隊することになったのである。折からの豪雨の中、学生服の隊列が銃を肩に行進する姿が映像資料に残っている。

マッカーサーの飛び石作戦

ダグラス・マッカーサーは、父親の代から名門の軍人であり、フィリピンとの縁も深かった。太平洋戦争が始まったときはアメリカ極東陸軍司令官としてマニラに駐在していたが、日本軍の攻勢を受けてマニラを放棄し、コレヒドール島の要塞に籠城して抵抗を続けていた。しかし司令官が日本軍の捕虜になることを恐れたルーズベルト大統領は、脱出してオーストラリアへ向かうよう命令した。

魚雷艇を使ってコレヒドール島から去るとき、「I shall return（必ず戻ってくる）」の言葉を残したと伝えられている。司令官が去ってから要塞は陥落した。そのしばらく前には捕虜が炎天下を歩かされる「バターン死の行進（注）」の悲劇も起こるのだが、この敵前逃亡は、マッカーサーにとって忘れられない屈辱の記憶になったと言われる。そのマッカーサーは、連合軍南西太平洋方面最高司令官に任命されて、日本への反攻作戦を練っていた。

それは「飛び石作戦」と呼ばれ、日本軍が防備を固めている島は放置して、日本本土へ向かう攻勢に最適の要地を占領して行くというものだった。太平洋の戦いは海を支配すれば勝てるのだから、日本を屈服させるには本土への最短距離を行けばいいという、合理的な考え方だった。この作戦の発動が昭和十八年（１９４３）の秋だった。

（注）捕虜虐待の戦争犯罪として、戦後に裁かれた。

アメリカ軍は十一月下旬、中部太平洋のギルバート諸島のマキン、タラワ両島に上陸した。ギルバート諸島は、日本の委任統治領だったマーシャル群島に隣接するイギリス領だった。太平洋戦争の開始直後に日本軍が占領している。日本海軍の根拠地だったトラック島の外縁に当るが、これらの島に日本軍は守備隊を配置したものの、着任したばかりで、陣地の構築などはほとんど進んでいなかった。そこへアメリカ軍は圧倒的な大兵力で進攻してきたのである。合計五千名ほどの日本守備隊は、数日間の戦闘を経て玉砕して行った。戦死者には朝鮮からの軍属も多く含まれていた。

これらの島の玉砕戦は、本土から見ればまだ遠い島の出来事だったが、日本の「絶対国防圏」が少しも絶対でないことを示していた。翌年にかけて日本海軍にとってトラック泊地は安全な場所でなくなり、フィリピン方面への後退を余儀なくされることになる。その結果としてラバウル基地は戦線の後方に取り残されることになった。

取り残されたのはアメリカ軍が上陸しなかった他の島々でも同じことだった。移動が不可能になり補給が絶たれれば、軍隊として機能する以前に人間として生存の危機にさらされる。現地自給が可能な自然条件に恵まれていればまだしも、それ以外の島では飢餓との戦いが日常になった。太平洋戦争での戦没者の死亡原因の七割は餓死であったと言われるが、そこには敵が来なかった島での餓死もあったのだ。

国家総動員の効果と限界

海外の各地で戦争が続いていた間の国内は、どうだったろうか。国家総動員の大号令は開戦前から出ていたが、戦時中にも多くの法律や命令、決定が出されて施行された。帝国議会の議員は大半が「翼賛選挙」による推薦議員で、議会は戦時中も十二月から三月までを定例として開会され、政府が提出する法案を次々に可決していた。

法治国家だから、建前は根拠となる法律があって国民がそれに従うわけだが、実際はラジオや新聞で新方針が示され、その期日から新制度が実施されるのだった。不満があっても「非国民」と言われるのが怖いから反対する者はいない。そのようにして都市部では食糧や必需品の配給量が決められ、中学や女学校でも勤労動員が始まった。

軍需用の生産には最優先で資源が集中された。一般家庭にも金属の供出が呼びかけられて、鍋釜やブリキの玩具までが隣組に集められた。粗鋼の生産高を始めとして、日本の工業生産高は、ほとんどが昭和十八年（１９４３）に最高値を記録している。翌年になると海外からの原料や燃料が円滑に入らなくなって、生産力の下落が始まった。

その中でも飛行機の生産だけは例外だった。昭和十九年度になってから月産三千機のピークを達成しているのである。飛行機がなければ勝てない戦争であることを認識していたわけだが、競争する相手が悪かった。アメリカの飛行機生産量は日本の四倍以上で、その中には四千機のB29など、大型の爆撃機も含まれていた。

日本の技術力を支えていたのは工場の熟練工だったが、そこからも徴兵が行われて人手不足になるという問題もあった。学徒動員の若年者を送り込んでも、人数だけで生産力が維持できるわけはない。所詮は日本という国のスケールでは、いくら国民を総動員してみても、絞り出せる力には限界があるのだった。

この時代の日本で、戦争と無縁で平穏に暮らしていられた家庭というものは、一つも存在しなかったのではあるまいか。東京の町では、営業している商店というものが、ほとんど姿を消してしまった。住宅街の米屋、八百屋、魚屋なども、すべて食糧品の「配給所」と名を変えて、隣組を通しての流通中継所に過ぎなくなっていた。コンピューターもなかった時代に、各家庭の人数に応じて平等に食品を分配するのは半端でない煩雑な仕事だったに違いないが、末端までの官僚組織と隣組の協力で国民を管理していたのだ。

物資を統制し配給制にしたのは、インフレを起こさず物価を安定させるためだった。国をあげて民需品の生産をやめてしまったから、放置すれば「公定価格」が崩壊して値上がりするのは目に見えている。自由な生産と流通は「ヤミ行為」として厳しい取り締まりの対象になった。それでも裏の「ヤミ価格」はじりじりと上昇を続けた。

日本海軍の落日マリアナ沖海戦

守勢に回って押しまくられる一方になった日本海軍にも、対応策がなかったわけではない。ミッドウェイ敗戦後には空母の製造を最優先にしてきたし、戦艦「伊勢」と「日向」を改造して飛行機を積み、カタパルトで発艦させる方式も開発していた。艦上攻撃機「天山」、艦上爆撃機「彗星」は、航続距離の長い最新鋭の戦力として期待されていた。そこで構想されたのが「アウトレンジ戦法」だった。

これはつまり、相手よりも長い槍を使って繰り返し攻めれば、味方は安全のままで敵を破ることができるという、まことに都合のよい話になる。ただし槍が丈夫で必ず手元に返ってくることが前提になるし「必勝」の迫力に乏しいところがあるので、先制攻撃で敵を弱らせた上で、接近し撃滅する作戦を加味することになっていた。

しかしアメリカ軍の攻撃の速さは日本海軍の立て直しを待ってはくれなかった。昭和十九年（１９４４）に入ると、二月には早くもマーシャル諸島のクェゼリン、ルオットの二島にアメリカ軍が上陸して守備隊は玉砕した。トラック島は大規模な空襲を受けて、残存していた日本海軍の艦艇も航空隊も壊滅させられた。翌月にはアメリカ機動部隊はパラオとヤップ島を空襲し、連合艦隊司令長官の古賀峯一大将は、飛行艇でフィリピンに向かう途中、天候不良で行方不明となり殉職扱いになるという不祥事に見舞われた。

さらに六月になるとアメリカ機動部隊はマリアナ諸島を襲い、サイパン、テニアン島を砲撃して上陸作戦の準備に入った。ここを奪われると日本の本土が長距離爆撃による攻撃範囲に入ってしまうから何としても防がなければならない。有無を言う間もなく日本海軍は最後の海上決戦を挑まざるをえなくなった。六月十五日にサイパン島への上陸が始まったが、海戦で勝てれば島の奪回は可能になる。四日後の十九日からマリアナ沖海戦が始まり、日本軍は予定通りに先制攻撃をかけた。

このとき日本側は史上最多の九隻の空母を揃えていた。「大和」「武蔵」など五隻の戦艦を含む強力な前衛部隊も配置につけ、動員された艦船は七十三隻、空母機は合計四百三十九機だった。それに対するアメリカ側は空母十五隻、戦艦七隻を中心とする総計百一隻で、艦載機は八百九十機に達していた。しかも搭乗員は実戦経験を重ねながら技量を上げてきている。艦隊はレーダーを備えて航空隊を指揮していた。

日本の攻撃隊は長距離を飛んで敵艦隊を発見する前に、迎撃の戦闘機隊に進路を阻まれて大半は帰ってこなかった。天候にも恵まれず、敵の空母群は、ほとんど無傷のままだった。逆に日本側は三隻の空母と艦載機のほぼ全部を喪失し、制空権を失った日本艦隊は戦場から離脱するほかはなかった。事実上の最後の決戦は惨めな敗北に終った。

サイパン島軍民玉砕の悲劇

海上決戦に負けたあとは、島の守備隊が玉砕するのを見守るだけの戦況になる。軍の全滅を「玉砕」と言い換えたのは日本的美学だが、サイパン島には四万名あまりの守備隊のほかに、約二万名の民間人が残っていた。事前の疎開が間に合わず、また船に乗ると潜水艦に撃沈されて、かえって悲惨な結果になるのも見せつけられていた。

島での戦闘は昭和十九年（１９４４）六月十五日から始まったが、この時期までの日本軍の防御作戦は「水際で殲滅・撃退」が基本であったため、兵力の消耗は激しかった。陸軍はマリアナ方面の防衛には自信を持っていたにもかかわらず、戦車隊は二日間で全滅し南部の飛行場を明け渡す結果になった。飛行場はすぐにアメリカ軍によって利用され、空からの攻撃が加わって日本軍は島の北部へと追いつめられた。

七月になると日本軍の兵力は三千名程度に減少して、最終段階に近づいてきた。七月七日、陸海軍合同の「バンザイ突撃」を敢行して終っている。軍人で捕虜になった者はわずか九百二十一名（二・三％）という記録がある。

大本営はサイパン島の玉砕を告げるラジオで「なお民間人はおおむね軍と運命を共にせるものの如し」と発表した。実際はどうだったのか。アメリカ軍が保護した日本の民間人は、ほぼ半数の一万人にとどまった。あとの一万人は本当に「軍と運命を共に」してしまったのである。北部の断崖では、海に身を投げる女性の姿が米軍カメラマンによって撮影された。画家の藤田嗣治は「サイパン島同胞臣節を全うす」という凄惨な絵を描いて有名になった。「臣節」とは何か、負けたら死ぬことなのか。

猛威をふるった「生きて虜囚の辱めを受けず」の戦陣訓だが、これは東条英機が軍人に示した心得で、法律でも何でもない。罰則もなければ、まして民間人にはかかわりのない精神論である。近代の戦時国際法は非戦闘員への加害を禁じている。負けた側の民間人は当事者ではないから敵に降伏する必要もない。ただ現地を支配している側の軍に、保護を求める権利があるだけなのだ。その常識が日本人には知らされていなかった。

藤田嗣治は、こういう場合は死ぬことが「臣節」だと信じて描いたのだろう。「臣」の上には天皇がいる。天皇が命令して始まった戦争だから、国民は勝手にやめることができない。不幸にして負ける現場に居合わせたら、責任をとって死んでしまうのが正しい道という理屈になるのだ。玉砕は、天皇の絶対性と不可分の関係にある。

戦争には勝ち負けがあるという当り前のことを考えたら、民間人の「玉砕」は、ありえないだろう。一度の敗戦が民族の滅亡に直結してしまうからだ。やがて沖縄戦でも同じことが起こり、最後は「一億玉砕」までが唱えられた。

インパール作戦とノルマンディー上陸

太平洋でサイパン島をめぐる血戦が行われていたころ、ビルマ戦線ではインドの北東部に侵攻するインパール作戦が展開されていた。これはインドから重慶へ通じる「援蒋ルート」を切断するために企画されたのが本来の目的だったが、日本軍に協力してインド独立をめざす「インド国民軍」に活躍の場を与えるという大義名分もあり、日本軍最後の積極作戦として昭和十九年（１９４４）の三月に開始されていた。

日本軍が全般的に守勢になった時期の作戦であり、空軍の支援も充分な兵站《へいたん》も期待できないことから根強い慎重論もあったが、イギリスの支配下にあるインド国民の独立運動を勇気づけ、作戦に呼応して内部から混乱が起きるのではないかという虫のよい期待もあった。これは「大東亜共栄圏」構想を具体化して見せる最後の作戦だった。

この作戦には兵力としては九万名が動員され、日本軍は当初は予定通りに進撃したが、イギリス・インド軍は守りを固めて日本軍の消耗を待った。日本軍に包囲されても空からの補給が充分にあり、逆に日本軍には空からの絶え間ない攻撃に対抗する手段がなく、食糧に窮して補給を求めても「糧は敵に求めよ」と返信されたと言われる。

要するに南方戦線で何度も繰り返された密林の中で飢えて戦力を失う地上戦の失敗を大

規模に再現する結果になった。七月になって作戦は中止されるのだが、帰還できた兵力は一万二千名に減っており、最後はインド国民軍も裏切って戦線から去った。

同じ年の六月六日、連合軍はドーバー海峡を渡ってフランスのノルマンディー海岸に上陸した。六千隻の艦艇と一万二千機の航空機を投入した「史上最大の作戦」と呼ばれる。事前に綿密な偽装工作が行われたため、守るドイツ軍は上陸地点の予想が外れたが、海岸では激しい攻防戦が繰り広げられた。それでも当日中に十五万以上の連合軍が上陸に成功して、占領地の拡大を始めることができた。

ドイツ軍にとっては、長い間ソ連との東部戦線が「前線」であり、フランスは「後方」だったのだが、これ以後は東西両方から攻められることになった。ところで、この新しい西部戦線に参加した連合軍の一覧表を見るとその内容の多彩さに驚く。アメリカ、イギリスはもちろんだが、カナダ、自由フランス、ポーランド、オーストラリア、自由ベルギー、ニュージーランド、オランダ、ノルウェー、自由チェコスロバキア、ギリシャと十二カ国に及んでいる。文字通りの世界大戦であったことがよくわかる。

二正面で戦うドイツは、第一次世界大戦と酷似した構図になった。誰が見ても、これで勝てるという予想はできないだろう。ほぼ時を同じくして、サイパン島を失った日本からも勝機は去っていた。勝負としては、もはや「これまで」である。

東条内閣総辞職と終戦工作の不発

サイパン島の失陥により、東条首相の権威は深刻な打撃を受けた。自ら首相と陸軍大臣と参謀総長を兼任し、独裁者に近い権限を握っていたのだから、戦局の悪化については責任を負わねばならない。かねて開戦の決定に対して慎重で、開戦後も早期和平の道を模索していた重臣たちの中から倒閣の運動が起こった。サイパン島の放棄について不満を感じていた天皇の、東条首相への信頼感も揺らいでいた。

後任に指名されたのは、小磯国昭・陸軍大将と米内光正・海軍大将だった。首相は小磯で小磯内閣と呼ばれたが、米内も同格で海軍大臣を兼ねる副総理という位置づけだった。陸海軍が一体となって国難に当るようにという、天皇の意向を反映したと思われる。しかし現在進行中である戦争の流れは、担当者が交代しただけで変わるものではない。戦前には日独伊三国同盟に反対した米内にも、できることは限られていた。

もし後の東京裁判で認定されたように、太平洋戦争を計画し実行した主犯格が東条英機に代表される陸軍であったとしたら、東条内閣が倒れた時点で本格的な和平工作の開始が可能だったはずである。じつは天皇の弟宮で海軍の軍人だった高松宮は、サイパン戦のときに天皇との会話で戦争の終結を進言している。しかし天皇の言葉は「それは政治の問題だから」という言い訳でしかなかったと伝えられている。

日本の場合はヒトラーのような特異な世界観と使命感に凝り固まった独裁者がいたわけではなかった。天皇を戴く立憲君主制の下で、軍人を含む政治家たちが国政の舵取りをしてきたのである。それが膨張主義に傾いて大陸に進出し、欧米諸国と摩擦を起こすようになっても自制せず、逆に「アジアを欧米の植民地から解放する大東亜共栄圏」という大義名分を掲げて、一か八かの大博打《ばくち》に出てしまったというのが実情に近いだろう。

その戦争を力の限りやってみた二年半の結果としてサイパン島の敗戦があった。近代戦の特徴として、均衡が破れたあとは負ける側の受ける殺戮と破壊が加速度的に増加する。先見の明があれば、明らかに「勝負はここまで」であった。しかし国をあげた戦争には惰性がついている。すべてが戦うことを前提に動いており、精神もそれに支配されている。戦争も「急には止まれない」のだ。

国政の中心には天皇がいたが、建前は臣下の輔弼《ほひつ》によって国を統治するのである。みだりに口を出さない代わりに臣下から責任を問われることがない。しかし臣下は天皇の意向を忖度《そんたく》し、その意思を代行するのが本分である。そして天皇が裁可した方針は、みだりに変えることができない。相互に依存する「日本的無責任体制」の中心に天皇がいた。その実像は、やや思い切りの悪い平均的日本人の一人だったように思われる。

敗戦続く台湾沖、そしてレイテ島

敗戦続きの中で、天皇はじめ大本営の面々が神仏にも頼りたい思いで願ったのが「敵を引きつけて撃滅する」一勝であったろう。昭和十九年（１９４４）十月、アメリカ機動部隊は台湾を襲って大規模な空襲を加えてきた。日本の本土と南方との連絡路を破壊する大胆な作戦だった。これに対して日本の基地航空隊が反復して攻撃をかけ、三日間で敵の空母十九隻、戦艦四隻など四十五隻を撃沈破したと大本営は発表した。ラジオニュースの冒頭には久しぶりに軍艦マーチが流れ、国民は喜びに沸いた。

しかしこれはとんでもない虚報で、事実は巡洋艦二隻に損傷を与えただけだった。日本側の戦果確認能力が極度に劣化していて、現場からの希望的な報告をそのまま集計した結果だった。この作戦では夜間の雷撃という常識外れの戦法も実行している。ベテランでも難しい神業のような攻撃を未熟な搭乗員にさせておいて、自爆して暗夜に火柱が立つと空母一隻撃沈と数えるような「温情の報告」が横行したと言われている。上層部も薄々気づいたが、報告を訂正する根拠もないのだった。

アメリカ側は放送を聞いて日本側の誤報を知ったが、そのまま秘匿してすぐ次の作戦に移った。次の目標はフィリピン中部にあるレイテ島だった。マリアナから直接に日本本土へ向かうと、フィリピン方面には無視できない日本艦隊が石油資源とともに残っているので補給路の側面に不安が残る。それに、総司令官のマッカーサーにはフィリピンを去るときに残した「I shall return」の約束があった。

レイテ島へのアメリカ軍の上陸を迎えて、日本海軍は最後の総力戦を試みた。残存するほぼすべての艦艇と航空機を集め、本土からも囮《おとり》の空母艦隊を出撃させて、西南方から戦艦部隊を突入させてレイテ湾のアメリカ艦隊と上陸部隊を砲撃しようとした。しかし目的のレイテ湾には到達することなく、戦艦「武蔵」はじめ全空母四隻など多数の艦艇を失う結果に終った。日本海軍は、ここに事実上壊滅した。

このレイテ沖海戦で、海軍は初めて「神風特別攻撃隊」を編成した。それまでにも体当り攻撃の例はあったが、作戦として正式に採用したのである。志願者を募って零《ゼロ》戦に爆弾を装着して突入させたところ、最初の敷島隊の五機で空母一隻撃沈、三隻に損傷を与える戦果をあげた。大本営はこれを大々的に報道し、新聞は隊員を「軍神」と讃える記事を特集した。このとき新聞の小さな記事で「秘密にしておけば敵は日本が無線操縦の飛行機を開発したと思うだろう」と隊員が語ったと書いていた。

アメリカ軍はすでに対空砲火に近接信管を開発しており、防空能力を飛躍的に向上させていた。物量と技術開発力で差をつけられた日本軍の最後の戦法が「特攻」だった。

アジア・太平洋戦争開戦を指導した東条英機（極東軍事裁判法廷）

第五章　戦争は本土に迫る

戦争は本土に迫る

サイパン島の玉砕に続いて、昭和十九年（１９４４）七月のうちにグアム島とテニアン島に相次いでアメリカ軍が上陸し、守備隊は玉砕していた。玉砕はすでに日常のニュースでしかなかった。これらが基地として使用され、日本の本土が爆撃されることは必至となった。東京をはじめとする大都市では、学童を集団で疎開させることになり、地方の旅館や寺院などを宿舎とする「集団疎開」が始まった。家庭ごとに地方の親戚などを頼る疎開も奨励されるようになり、これは「縁故疎開」と呼ばれた。

中学・女学校以上については「学徒勤労動員」が徹底され、徴兵で手薄となった工場労働者の不足を補うため、すべての生徒が工場で働き、あるいは学校の一部を改装して部品の製造に参加するなどの奉仕を求められた。当初は細々とつづけられていた学業も、やがて通年で全面停止となり、理系以外の学校教育は、国民学校（小学校）以外では行われない状況になって行った。

東京の幼稚園はこの年の四月から全面的に休園となった。宝塚歌劇団も松竹歌劇団も休演・解散となり、団員は戦地慰問の「挺身隊員」と呼ばれることになった。「決戦非常措置による高級享楽の停止」により、東京歌舞伎座をはじめとする大劇場は休場し、繁華街の映画館も整理を命じられた。紙の使用も厳しく制限されて新聞の夕刊は廃止となり、各社の日刊新聞は表裏二ページのペラ一枚だけになった。

閣議では八月に「国民総武装」を決定した。軍事訓練を国民すべての義務と定めたもので、これにより隣組では主婦の「竹槍訓練」などが行われた。竹槍で爆撃を防げるのか、敵兵と戦えるのかなどと疑問を口にするのは厳禁だった。この少し前の毎日新聞に「竹槍では間に合わぬ、飛行機だ」という記事を書いた記者がいたが、当局から「国賊的行動」として怒りを買い、発売禁止と編集責任者の処分を命じられていた。

武器がなければ戦えない。大本営発表では戦果をあげているはずなのに、敵の攻撃力が一向に衰えないことに焦りを感じていたのは、国民ばかりでなく軍部も同じだった。人命を無視した非常手段で敵に打撃を与えるため、各種の「特攻兵器」が開発されて大急ぎで量産され、その要員の訓練が始まった。海軍には人間魚雷「回天」、爆装モーターボート「震洋」、人間爆弾「桜花」、人間機雷「伏龍」、特殊潜航艇「海龍」などがあった。

これと並行して、皇居・大本営の疎開先として長野県松代に堅固な施設を建造する計画が本決まりし、建造が始まっている。このとき軍部からは「大陸に移動願う」という案も出されたが、天皇は「あくまでも皇大神宮のある神州を死守せねばならぬ」という強い意向を示したと伝えられる。天皇の認識は「朕は国家なり」に近かったようだ。

戦火はフィリピンから沖縄へ

「絶対国防圏」が簡単に破られてからの日本軍の崩壊は早かった。昭和十九年（1944）の終りから翌年にかけて、アメリカ軍はレイテ島に始まるフィリピン奪還の戦いを着々と進めて行った。ただしフィリピンでは島が大きいから日本軍も簡単には玉砕（という名の全滅）をしない。それと、アメリカ軍の上陸を海岸で撃退するのは無理とわかって、陣地にこもって長期間抵抗する「長期持久」を基本とする戦術をとるようになった。つまり後方にある日本本土のために時間をかせぐ「捨て石」になる作戦である。

これが徹底的に行われたのが沖縄戦だった。しかしフィリピンでは、陣地を構築しなくても密林に覆われた山地に逃げ込む方法があった。ミンダナオ島に配置された部隊の中には、敵の上陸が予想されると重い兵器は故障したことにして破壊した上で、早々と山中に退避した例があった。アメリカ軍との遭遇は形ばかりの「斬り込み隊」程度にとどめ、ひたすらに安全を求めて移動しながら自給自足の生活を成立させ、終戦による正式の軍命令を受けてほぼ全員が投降・生還している。

この隊員の画集（増田博一『画家が戦争を記録した』）によると、敵に向けての発砲は一発もしていない。内地で召集されて教育を受け、船で輸送されて現地に着き、海岸に陣地を築いて訓練に明け暮れていたのが何の役にも立たなかったわけだ。これで戦争に勝てるわけがないのだが、それでも上官と隊長に人を得れば生還することができた。戦争とは、何という無駄の集積であることか。

沖縄はこの年の十月十日にアメリカ機動部隊による激しい空爆を受けていた。那覇市街はほぼ全焼し、飛行場の航空部隊、港にいた艦艇や船舶も壊滅的な被害を受けた。このときまでアメリカ軍は台湾を攻略する戦略を立てていたが、日本軍の弱体化を見て、台湾を省略して次は沖縄を目指すこととした。沖縄の基地を使えば日本本土への空襲はさらに効果的になり、九州上陸を手始めとする本土上陸作戦が視野に入ってくる。アメリカ軍の対日作戦は、いよいよ完全勝利に近づくところまで来たのである。

この年十二月十九日、大本営はレイテ作戦の終了を発表した。しかしアメリカ軍はフィリピンの全土占領を目指していたため、翌年になってもフィリピンでの戦いは日本の降伏による終戦に至るまで長くつづいた。フィリピンに配置されていた日本軍の兵力は六十三万（『戦史叢書　捷号陸軍作戦2』）にも達していて、これはアメリカ上陸軍総計三十万よりも多かった。だが島ごとに分散していて連携して戦うことができず各個に撃破された。

やがて沖縄での戦いが始まると、フィリピンの戦況は国民の関心事ではなくなった。同地の日本軍民戦没者は約五十一万八千（厚労省）、米軍のそれは一万六千あまりだった。

B29の翼の下で

戦略爆撃機B29は対日戦向けに開発された重爆撃機で、航続距離は六千六百キロ、乗員室は与圧式で一万メートル以上の高度で飛ぶことができた。サイパン島に進出したB29は、昭和十九年（１９４４）の十一月一日、初めて偵察飛行で東京の上空に飛来した。単機で飛行機雲を引きながら飛ぶその姿は、どこからもよく見えた。高射砲弾が盛んに打ち上げられたが、直進の進路を変えることはなかった。当時の日本軍の主力だった高射砲にとっては、実用射程外の高度だったのである。

やがてB29は夜間にも現れるようになった。探照灯が交差する中心に機体を光らせていたが、やはり高射砲弾は命中しなかった。当初は敵が一機でも出ていた空襲警報は、偵察の一機だけのときは警戒警報のままで見送るのが習慣になった。しかし敵機が見えているのに有効な反撃のできない戦力の差は明らかで、東京都民は不満と不安を感じた。

B29の大編隊による本格的な爆撃は十一月の下旬から始まった。東京の西部に対する昼間の爆撃で、航空機製造工場を標的とした高高度からの爆撃だった。この「精密爆撃」はしばらく続くのだが、あまり効果があがらなかったと言われる。また日本の戦闘機による迎撃も本格化して、撃墜の戦果が発表されるようになった。陸海軍ともに新型の戦闘機はある程度の戦果をあげたが、高空では苦戦を強いられた。やがて体当りを前提とした「空中特攻」も行われるようになった。

戦略爆撃を効果的にするために、アメリカ軍は司令官を更迭して都市そのものを壊滅させる無差別爆撃に踏み切った。そこで使用されたのが木造の日本家屋を焼くために開発したM69という集束焼夷弾だった。これは六角形筒型の小型焼夷弾三十八発を束ねてあり、空中で分解して広い範囲に落下する。着弾すると火のついた油脂をあたり一面に噴き散らすのだった。それまで一発の焼夷弾を大勢集まって消す前提で繰り返していた町内会の防空演習などは、全く役に立たなかった。

この焼夷弾爆撃が初めて大規模に行われたのが昭和二十年（１９４５）三月十日の東京下町大空襲だった。所定の区域を「面」として焼き払う作戦を立て、最初に「火の壁」を周囲に立てて目印としたため、折からの乾燥と強い北風の不運も重なって、十万人を超える一般市民が猛火に包まれて焼死した。一回の空襲でこれほどの犠牲者を出したのは戦史にも例がなく、原爆の投下にも匹敵する惨害となった。

もはや非戦闘員の殺害を禁じる戦時国際法の存在などは、攻めるアメリカ側にも攻められる日本側にも意識されていなかった。民家が密集する都市部で防空壕が役に立つわけがない。籠っていれば逃げ出す機会を失って焼け死ぬだけである。

硫黄島の星条旗

高性能のＢ29をもってしても、マリアナから日本への往復は楽な任務ではなかった。損傷を受けて帰路の途中で海上に墜落する機も多く、乗員の救出に潜水艦を配置するなど苦労していた。中継基地としても、護衛の戦闘機基地としても、中間の島が米軍は欲しかった。その条件にぴったりの島が東京都に属する硫黄島で、この島の日本軍監視哨の存在はＢ29の飛行ルートにとっても障害になっていた。

この島の重要性は、日本側にもよくわかっていたので防備は手厚かった。栗林中将以下二万あまりの守備隊は、島の特性を生かして地下陣地を築き、鉱山技術者の指導を受けて縦横の地下道で結んでいた。島の火山灰にセメントを混ぜると強いコンクリートになり、地下熱を逃がす換気にも配慮してあった。戦車は埋めて砲台として活用した。

そこにアメリカ軍は昭和二十年（１９４５）二月十九日、十一万の大兵力で上陸してきた。上陸そのものは阻止せず、橋頭堡《きょうとうほ》に固まったところで反撃を加えるという守備隊の戦術は奏功《そうこう》した。上陸作戦としての戦死者数はノルマンディー作戦を上回り、通算での死傷者数は、アメリカ側が二万八千名で日本側よりも多かったという稀有の戦場になった。ただし日本側は全体の九六％が死亡であったのだが。

守備隊は一カ月あまりにわたって頑強に戦ったが、大本営には奪還や救援の計画はなかった。ひたすらに長期持久で敵に損害を与えることに徹した守備隊は、多くの戦訓を電報で大本営に送っている。玉砕を運命づけられた中での戦い方にも上手と下手があるのだ。いかにして死ぬまでの間に一人でも多くの敵を殺せるか、この戦訓は次の沖縄戦で大規模に生かされることになる。

日本軍の抵抗に手を焼いたアメリカ軍は、毒ガスの使用も真剣に検討したが大統領は許可しなかった。地下壕を攻めるために、海水を注いだ上でガソリンを流し火をつけるといった方法も用いられている。戦闘の継続中にも飛行場の整備は進められ、緊急着陸のB29を受け入れられるようになった。

アメリカ軍にとって硫黄島の戦いは、本来の日本領土に対する初めての占領だった。最高地点「擂鉢山《すりばち》」の山頂に海兵隊員が星条旗を立てる場面は、太平洋戦争の勝利を象徴する姿として有名になり、報道写真から絵画にもなり銅像にもなった。その写真が撮影されたのは三月二十三日のことである。有名になった写真は旗を大きなものに取り換えたあとの「後撮り」だったという裏話があるが、さらにこんな話も続く。翌朝になると、いつの間にか旗は日の丸に変っていた。付近の洞窟を念入りに掃討したが、その翌日も小さいながら血染めらしい日の丸になっていた。しかしそれが最後だった。

進まない終戦工作の間に

苛烈をきわめる戦況の中で、戦争を終らせるための努力はどうなっていたのだろう。硫黄島戦が始まる直前の昭和二十年（1945）二月、元首相の近衛文麿は、極秘のうちに天皇に面会し「敗戦はもはや必至……」で始まる上奏文を提出した。ここで敗戦の混乱にともなう共産革命の可能性に言及し、国体護持つまり天皇制を維持するためにも早く敗戦を受け入れるべきことを説いた。しかし天皇の判断は「一度戦果をあげてからでないと難しいのではないか」と歯切れが悪かった。

軍人は戦う当事者だから簡単には敗戦を受け入れたくない。まして情報力の不足から敵に与えた打撃を過大に、自軍の急速な戦力の低下を過少に見積もっているから、こんなに負けるはずがない、どこかで巻き返したいと願望している。そして天皇を迎えての「御前会議」には大本営と政府との二種類があって、戦時中は前者が圧倒的に多く、天皇は文字通りの大元帥で最高指揮官なのだ。天皇の感覚が軍人に近くなるのは、止むを得ないと言うべきだろう。軍人としての天皇をイメージすると、わかってくる歴史がある。

近衛上奏文にまつわる天皇側近政治家たちの終戦工作は、結局実を結ばなかった。逆にこの動きを察知した憲兵隊によって、戦後に首相となる吉田茂を含む要人が逮捕されている。終戦を語ることは、まだ公式には国家への反逆だった。

しかし小磯・米内内閣が終戦を模索しなかったわけではない。前年のうちから水面下で中国の蒋介石政権との和平工作を試みていた。さらに南京政府の要人を通して、蒋介石に連合国との和平仲介を依頼する工作へと進もうとしたが、外務大臣重光葵《まもる》の反対で閣内不一致に陥り、内閣総辞職の原因となった。四月にあとを引き継いだ鈴木貫太郎内閣は、当時はまだ中立国だったソ連を仲介者としての和平を提案した。

しかしソ連はその直後に、あと一年の有効期限を残す日ソ中立条約の不延長を通告してきた。ヨーロッパではドイツの敗戦が目前に迫った時期であり、ソ連は連合国の一員としてドイツの降伏後に対日戦に参加することをすでに約束していた。中立条約が簡単に破られる例は珍しくない。常識で考えれば不延長の通告は破棄通告と同じことで、予告しただけ良心的かもしれないが、日本側の判断は非常に甘かった。

その間に、マニラは陥落してフィリピンはアメリカ軍の支配下に入り、硫黄島が玉砕するとすぐ米軍は沖縄に向かった。慶良間《けらま》諸島の占領を手始めとして、四月一日、ついに沖縄本島にアメリカ軍が上陸した。四月七日には戦艦「大和」を含む十隻が水上特攻隊として沖縄海域への突入を試みた。日本海軍として最後の艦隊出撃だったが、「一度戦果をあげる」ほどの効果も得られないままに「大和」は沈んだ。

沖縄にとっての「皇国」とは

沖縄の戦いは負けるための戦いだった。負けることが必然だが日本本土のために頑強に抵抗して時間を稼ぐことが目的だった。その時間を使って日本の本土は何をするつもりだったのか。直前に硫黄島が玉砕したとき、大本営の発表は次の言葉で結ばれていた。「皇国の必勝と安泰とを祈念しつつ全員壮烈なる総攻撃を敢行すとの打電あり。この硫黄島守備隊の玉砕を、一億国民は模範とすべし」。

硫黄島を模範として一億国民が玉砕したら、日本の国の安泰はどこで守られるのか。ここでは「皇国」の中に日本の国民は含まれていない。天皇が一人だけ生き残れば皇国は安泰だとでも言うのだろうか。狂っていない頭で考えたら、国民がみんな死んでも国を守るということの矛盾がわかるだろう。この倒錯した理屈が通用するのは、日本の国は天皇の私有物であって、天皇の存在にのみ価値があると考える場合だけである。戦争に特有の狂気だが、大本営の公式発表がその元凶だったのだ。

まして沖縄は「皇国」の一部分ではなく、日本の周辺に位置して独自の文化を育てていた島人が、幕末から明治にかけて日本の中央政府の権力により併合された地域である。行政区としては沖縄県とされたが、戦時にも県内には「連隊」つまり郷土の軍隊を持たない県だった。その沖縄が本土防衛の最前線とされたとき、そこには「内地」から派遣された十万あまりの軍人のほかに五十万あまりの県民がいた。住民のうち事前に本土や台湾への疎開を許可されたのは老人と年少者のみで、残った者は軍への協力を命じられた。

この根こそぎ動員により、軍が現地で召集して戦闘や設営に従事させた者だけでも二万五千名に達したが、その他にも在郷軍人会による「義勇隊」、中学生の「鉄血勤皇隊」などが続々と編成され、中には法的に軍籍を認められない年齢の者が含まれていても、志願しての参加ということで、あいまいな身分のままでの参加も多かった。これら非正規の軍人にも、軍人手帳と戦陣訓は配られたと言われる。

そうした戦闘準備が、沖縄では連続する空襲の中であわただしく進められた。沖縄県民にとっては、もはや「皇国の臣民」に組み込まれる以外の選択肢はなくなった。県民の日常会話でさえも、内地の軍人に理解できないウチナーグチ（沖縄方言）はスパイ容疑で厳禁された。徹底した軍事支配の下で、県民にとっての沖縄戦が始まったのである。

四月一日に抵抗を受けることなく本島に上陸したアメリカ軍は、その日のうちに北と中の飛行場を確保した。さらにその翌々日には東海岸に到達して日本軍を北と南に分断している。日本軍は北部には主力部隊を置かず、住民の避難区域としていた。守備軍は主戦場となった南部の首里に司令部を置いていた。

首里攻防の激戦

南進しようとするアメリカ軍に対する日本軍の抵抗は激しく、文字通りに寸土を争っての一進一退が続いた。猛烈な艦砲射撃と空爆にもかかわらず日本軍の防御陣地と戦力は保持されていて、機をみては反撃に出る積極性も失っていなかった。ほぼ二カ月の間、アメリカ軍は停滞する戦線に釘付けとなり、その間に海上にいる艦船は特攻を主とする日本軍の航空攻撃にさらされていた。四月十二日にアメリカ大統領ルーズベルトが急死したとき、日本軍はアメリカ軍に向けて弔電を送る余裕を見せた。

しかし四月三十日にはベルリンが陥落してヒトラーは自殺し、ドイツは連合軍に対する降伏の手続きに入った。もはや日本を助ける国は世界中に一つもなくなり、沖縄を助ける力はどこからも期待できなかった。アメリカ軍は沖縄の雨季にも悩まされたが、火炎放射器、黄燐弾など、各地の戦闘で蓄積した対日戦のノウハウを総動員して、日本軍陣地を一つずつ破壊して行く正攻法で攻めつづけた。

アメリカ側の本島上陸軍は約十八万で、これだけでも守備軍のほぼ二倍になるが、周辺の機動部隊などを加えた総兵力は五十万を超えていた。これほどの大兵力を三カ月にもわたって沖縄に引きつけて戦ったことが、守備軍の最大の「戦果」だった。それは作戦の通りの成果だったが、その引き換えに軍には「玉砕」が運命づけられている。当時の大本営は、そのように軍を使い捨てるのを常としていた。しかし県民はどうするのか。

五月下旬に首里の戦況が厳しくなると、守備軍には陣地を守ってその場で持久戦を継続するか、それとも後退して新しい陣地によって戦い続けるか、二つの選択肢があった。前者は当初からの予定であり、兵力もまだ半数の五万が残っていた。しかし結論は、組織的に後退した方が、より長く戦えるという判断になった。そのときに避難してきた多数の住民が南部に集まっていることを考慮した形跡はない。撤退作戦が発動されてそれなりの成功をおさめ、司令部は南部海岸の摩文仁《まぶに》へ向けて移動した。

アメリカ軍はこの結果首里を占領することができたが、ここで日本軍に一時停戦を呼びかけて、住民を避難させることを検討した記録がある。結局は実行の難しさなどからこの案は放棄されるのだが、もし停戦提案を受けたら日本の司令官はどのように対応しただろうか。さらに、この提案が日本側から出されたら、話し合いが成り立つ可能性があったと感じられる。しかし大本営にとっては想定外だったろう。少なくとも大本営公認のもとに行える話ではなかったと思われる。

こうして撤退してきた日本軍が、先に避難して洞窟に入っていた住民を追い出すという悲劇が作り出された。軍は住民を守らない。軍命令は絶対である。

戦陣訓の呪縛

最終段階に入った南部での戦闘では、日本側は軍と民が混在する状況になった。アメリカ軍は大量の降伏勧告ビラを用意して空から散布したが、それに応じる住民はほとんどいなかった。「生きて虜囚の辱めを受けず」の戦陣訓は、そもそもは軍人への訓示に過ぎなかったのだが、当時は超法規的に国民すべてを縛っていた。法的には軍法にさえ捕虜になることを罪として罰する規定はなかったのだが、生死の修羅場で法秩序など機能しない。武器を持つ兵が一人でも近くにいたら、住民は自由に行動できなかった。

沖縄では郷土防衛隊などとして多くの住民が軍に準じて組織されていたから、手榴弾などは住民の手の届くところにあった。軍が崩壊して乱戦になる過程で、絶望的な状況になった住民が手榴弾で集団自決する例も多発した。死ぬまで戦って降伏しない日本軍を前にして、アメリカ軍の攻撃も無差別の殺戮に近いものになって行った。アメリカ側の記録映画には、戦場から逃げようとする明らかに非武装の住民の列を、自動小銃の弾幕が追って行く場面も撮影されている。

アメリカ軍も楽な戦いをしたわけではない。アメリカ軍の司令官が日本軍の砲弾で戦死したのは、日本側の司令官牛島中将が自決して沖縄戦が事実上終ったとされる昭和二十年

（1945）六月二十三日の、わずか五日前のことだった。沖縄戦で出撃した日本の特攻機は千九百機に及んでいる。これによりアメリカ側は主力空母二隻が大破したのを始めとして九十隻の艦船が撃沈破され、海軍は五千名以上の戦死傷者を出した。またボート型特攻艇も希少ながら戦果をあげており、飛行機で強行着陸する空挺隊も一機が成功して、中飛行場を二日間にわたって使用不能に陥れている。

しかし司令官が自決しても沖縄の悲劇は終らなかった。有名な「ひめゆり学徒隊」の例で見ると、部隊は六月十八日に軍命令により「解散」を告げられている。任務を解かれて全員が非戦闘員の女学生にもどったわけだが、じつは死亡した者の八十％が、ここから一週間の間に集中しているのだ。部隊解散とは、軍が責任から逃れるということでしかなかった。そして記録を読むと、洞窟から出されて自発的にアメリカ軍の保護を受けた者は一人もいない。全員が戦場を逃げまどい、死のうとしても死に切れず途中で疲れ切った者だけが生存できたのだった。

沖縄戦での日本側戦没者の総数は、ほぼ二十万人とされている。その半数が軍人と言われるが、その中には現地召集された多数の沖縄県民が含まれており、沖縄県民の四人に一人が命を失う結果となった。ただし沖縄戦末期には、日本軍から百名を超える単位の投降者が初めて出るようになった。現地召集兵の増加と関係がありそうに思われる。

終戦は禁句でなくなったが

沖縄が島を血涙に染めて敵軍を引き受けていた間に、政府・大本営は何を考えていたのだろう。昭和二十年（１９４５）三月以降、Ｂ29による空襲はますます激しくなって、東京をはじめ大都市は次々に廃墟に近づいて行った。四月に沖縄戦が始まり、ドイツの敗戦が決まった五月になって、天皇はようやく実質的な降伏を受け入れる心境になったと伝えられる。そこで「戦争終結の研究」が始まるのだが、それは本土決戦を前提とした戦争指導方針の審議と並行して進められた。本土決戦案では皇居の松代への移転も論じられたが、帝都を離れるのは最後でよいという天皇の意思は固かった。

政府の終戦工作は、駐日ソ連大使のマリクとの会談から始まったが、ソ連側の反応は鈍く、なかなか進展しなかった。ソ連はすでにヤルタ会談で対日参戦を約束していたから当然なのだが、日本政府はその事実を知らない。貴重な時間を空費して、七月になってようやく和平案を固め、ソ連へ直接に特使を派遣することにした。特使に選ばれたのは近衛文麿で、和平案の骨子は国体（天皇制）の護持を絶対とし、国土については沖縄、小笠原、樺太、北千島を放棄することも視野に入れていた。しかしこの特使派遣はソ連側から拒否されて実現せずに終った。

その間にも日本の全土は相次ぐ空襲に見舞われ、大都市を焼き払った焼夷弾爆撃は地方の中小都市へと広がった。空襲にはマリアナのＢ29ばかりでなく機動部隊の艦載機も加わり、海岸の工業都市には艦砲射撃も加えられた。工業生産力は大打撃を受け、相次ぐ機雷投下と潜水艦の攻撃で、大陸からの物資輸送もままならなくなった。本土決戦に備える海岸防備などは手をつける余裕もなく、日本の戦力は風前の灯となっていた。

それなのに政府中枢の終戦工作は信じられないほど緩慢《かんまん》に見える。目前の「本土決戦」対策を机の上で案じるのに時間を使っていたのだろうか。天皇と側近との間で重要問題として議題になっていたのは、なんと「三種の神器」の処置だった。三種の神器とは、神代から伝わったとされる八咫鏡《やたのかがみ》と勾玉《まがたま》と草薙剣《くさなぎのつるぎ》で、三点が揃って天皇の正統性を証明する宝物とされていた。これらは最終的には天皇が身をもって護持し運命を共にするというのが天皇の強い意思だった。

日本の国とは何であるのか。神話をそのままに信じれば、日本の国土は神によって生み出されたのである。そうすると、そこに住んでいる日本国民は、国土に自然発生した付属物、つまり「民草」に過ぎないことになる。その国と民を統治するために、神が地上に遣わしたのが万世一系の天皇だから、天皇の責任は無限大なのだ。この皇国思想を天皇がどこまで信じたか、その重さは他から知ることはできない。

ポツダム宣言の背景と日本の反応

ポツダム会談は、昭和二十年（１９４５）七月十七日から始まった。米英ソ三国の首脳トルーマン、チャーチル、スターリンがベルリン郊外のポツダムに集まってドイツ降伏後ヨーロッパの戦後処理を話し合うのが目的だった。この途中に対日和平勧告の議題を持ち込んだのはアメリカだった。直前に行った日本攻略作戦の研究で、全土を占領するまでには膨大な犠牲が予想されたからだった。日本を屈服させるその他の方法としては原爆の使用とソ連の参戦が考えられており、その準備も進んでいた。

ルーズベルトは対日戦の決着は無条件降伏以外にないとしていたが、後任のトルーマンは知日派の情報から、天皇の大権を認めれば日本は降伏に応じる可能性があると考えていた。そこで勧告文は日本の軍隊に対しては無条件降伏を求めるが、日本の政治形態については「国民の自由に表明された意思に基づく」という微妙な表現になった。また勧告に応じなければ原爆を使用するとの警告を含ませる案もあったが、失敗の可能性もあることからこれは撤回された。こうしてポツダム宣言は、蒋介石の了解も得た上で、米英中三国の共同宣言として七月二十六日に発表された。

宣言の内容骨子は以下の通りだった。

①日本国内の軍国主義を除去し、日本を占領下に置く ②日本の領土は北海道、本州、四国、九州と、連合国が決定する諸島とする ③日本軍は武装解除し、戦争犯罪人は処罰する ④日本国民の自由な意思による平和的傾向の政府が樹立されれば占領は解除する

この呼びかけに対しても日本政府の反応は機敏ではなかった。とりあえず宣言の内容は国内にも公表したものの、政府としては何の見解も示さないことに決めた。天皇もこの時点では対応を政府に一任している。しかし新聞の報道は指示がなければ戦時モードになっている。「笑止なる連合国の提案」「自惚れを撃破し聖戦完遂」といった調子になった。記者会見に臨んだ鈴木首相も「重大なる価値を認めず『黙殺』する」と答弁せざるをえなかった。これが海外に伝えられ、宣言は「価値のないものとして無視する」と受け取られた。そして日本側の拒否はアメリカの予想通りだった。

八月六日、広島に最初の原爆が投下された。「新型爆弾」の威力の巨大さを知らされた天皇は、翌々八日に「なるべく早く終戦を考えるように」と外務大臣に命じている。そして九日早朝にソ連が宣戦布告して満洲に侵攻してきた報告を受けると、直ちに天皇はポツダム宣言の受諾を決意した。それを審議する最高指導会議の最中に、長崎への二発目の原爆投下が報告された。広島と長崎の間には二日しか間をあけていない。アメリカはウラニウム型とプルトニウム型の二種類の原爆を使ってみたかったと言われている。

日本本土を空襲する米軍の B29（1945 年）

第六章　そして「玉音放送」が終戦を告げた

そして「玉音放送」が終戦を告げた

天皇が終戦を決意しても、最高指導会議の議論はすぐにはまとまらなかった。戦争の当事者である参謀総長と軍令部総長および陸軍大臣が、国体の護持が明確でないことを理由として戦争継続を主張したからだった。そこで十日に「天皇の大権を変更せざることの了解のもとに受諾する」との電報を連合国側に送った。翌日の返信は「降伏と同時に天皇および日本政府の権限は連合軍総司令官の制限下に置かれる。最終的な日本政府の形態は、日本国民の自由な意思による。」というものだった。

この回答をめぐって日本側の会議はさらに二日間を費やした。その間にアメリカ軍は東京の空にビラを撒いて、日本政府がポツダム宣言受諾の交渉を始めていることを都民に知らせ始めた。政府に対する国民の信頼が揺らぐのを防ぐためにも結論を急がざるをえなくなり、政府は十四日の会議で天皇の了解のもとにポツダム宣言の受諾を決定した。そして直ちに関係国に通告するとともに、翌八月十五日の正午に天皇自らの声でラジオ放送により広く国民に知らせることとした。

この決定に対して不満だった陸軍の一部将校は、十四日夜にクーデターを企み、本土決戦内閣の樹立を夢見て近衛第一師団長を殺害した上、偽命令をもって皇居を占領して「玉音放送」の録音盤を奪取しようとした。しかし東部軍の説得には失敗し、司令官は夜明けとともにこの反乱を鎮圧して、録音盤は無事だった。

こうしてようやく、廃墟の上に天皇の放送が流れる段取りになった。ラジオは朝から正午に重大放送があることを繰り返して予告しており、アメリカ軍の空襲も自粛されているようだった。国民は誰もそれまで天皇がどんな声で話すのか聞いたことがない。定刻にまず重々しい紹介の言葉があり、君が代の演奏に続いて、やや高い聞きなれない声で詔書の朗読が始まった。独特の難しい言い回しだが、「かの共同宣言を受諾する旨《むね》通告せしめたり」あたりでポツダム宣言受諾、つまり降伏して戦争が終ったことはわかった。

この終戦の詔書は、開戦の詔書と対をなすもので、帝国政府を代表する天皇の公式文書である。それによると、戦争を始めたのも「帝国の自存と東亜の安定」のためであったが「戦局必ずしも好転せず」さらに「敵は新たに残虐なる爆弾を使用して頻《しき》りに無辜《むこ》を殺傷し」このままでは人類文明の破滅にも至るので「堪え難きを堪え忍び難きを忍び以って萬世のために太平を開かんと欲す」と述べている。

ただし前段で「他国の主権を排し領土を侵すが如きはもとより朕が志にあらず」と言っているのは苦しい弁解で、天皇個人としては本意でなかったと言いたいのだろうか。この時点では自国民の苦痛への配慮はあっても、他国民への配慮は何もない。

終戦放送でも戦争をやめないソ連軍

終戦の放送で日本の本土は時が止まったような虚脱状態になった。その中でも汽車が時刻通りに走っているのを見て感動したと書いた作家もいた。勤労動員されて松根油掘りをしていた学徒たちは、指示待ちの休止で何もすることがなくなった。松の根を掘り出して煮ると揮発油が取れるというのは、もともと失業対策のような仕事だった。アメリカ軍は戦闘行為を中止したので、もう空襲の心配はなくなった。

ところが満洲でも北方でも、ソ連軍は停戦しなかった。日本軍は順次に組織的抵抗をやめて降伏の準備に入ったが、ソ連軍は当初の作戦目的に沿った進撃を止めなかった。樺太では八月十一日に国境線を越えて南へ侵攻し、八月二十五日まで手を緩めることなく全土を占領した。千島列島では八月十八日から戦闘が始まり、最北の占守島《しゅむしゅ》では日本の守備軍が優勢だったが、軍命令により戦闘を停止して武装解除に応じた。その後ソ連軍は島づたいに北千島の得撫島《うるっぷ》までを、八月三十一日までに占領している。

九月二日に東京湾上の戦艦ミズーリ号上で、日本は連合国に対する降伏文書に調印して停戦の手続きを完了した。しかしその直前の八月二十八日から九月一日にかけてソ連軍は択捉《えとろふ》、国後《くなしり》、色丹《しこたん》島を占領し、さらに九月三日から五日にかけて歯舞《はぼまい》群島を占領した。あとに禍根を残す北方領土問題の始まりだが、当時はそこの島民以外の誰も知らない間の出来事だった。なお、樺太からの避難民を乗せた引き揚げ船三隻も、八月二十二日に潜水艦の攻撃を受けて撃沈されている。

満洲・朝鮮方面でも、ソ連軍の行動は同様だった。日本軍が積極的戦闘を禁止した後も攻勢をつづけ、実質的に戦闘をやめたのは、満洲の全土と朝鮮の北部を制圧したあとの九月六日になった。その後も、捕虜とした日本軍を拘束してシベリアなどに連行し、長期にわたって強制労働に従事させた。その中には少なからぬ民間人も含まれて、総数は六十五万人というのが定説とされている。そして六万人が現地で死亡した。ソ連が対日戦に参加したのは最後の一週間だけだったが、ソ連はそこから最大限の利益を引き出したと言えるだろう。これが和平の仲介を期待したソ連の実像だった。

なにしろ日本にはそれまで戦争に負けるという経験がないのだから、外国の軍隊に占領されたらどうなるかを、誰も正しく予想することはできなかった。中国の戦線で日本軍が現地の住民にひどい扱いをしたことは、帰還兵の経験談などで聞かされていたから、ひどいことになると覚悟する者が多かった。それでもニュースを見ていると進駐してくるのはアメリカ軍になるらしい。戦時中は「鬼畜米英」ということで残虐非道と宣伝されていたが本当はどうなのか。良くも悪くも選択の余地はないのだった。

東久邇宮内閣と「一億総懺悔《ざんげ》」

　敗戦処理の非常時に対処する首相として推されたのは、陸軍大将で皇族の東久邇宮稔彦王だった。東久邇宮内閣は二カ月にも満たない史上最短の任期に終ったが、日本軍の武装解除と復員、そして占領軍の受け入れという重要な任務に当った。各地に展開していた日本軍に対しては「勅使」（注）を派遣するなどして説得に当らせ、混乱なく収拾したのは連合軍側には驚異的だったと言われる。当時、占領地などに残存していた日本軍の兵力は三百万人を超えていたが、天皇の命令は絶対だった。中国大陸では、蒋介石が「怨みに報ずるに徳をもってせよ」と指令して円滑な復員を促進したのにも助けられた。

　東久邇宮は就任してすぐの記者会見で「ことここに至ったのはもちろん政府の政策がよくなかったからでもあるが、国民の道義がすたれたのも原因の一つである。全国民総懺悔《そうざんげ》することがわが国再建の第一歩であり、国内団結の第一歩と信ずる」と述べた。これが新聞に報じられると、しばらくの間は「一億総懺悔」が挙国一致のスローガンのようになった。混乱予防の手法だろうが、国民は何を懺悔せよと言うのだろう。協力が足りないから負けたとでもいうのか。まだ言論の自由はなかった。

　その一方で、国内の軍施設では大量の文書が昼夜を徹して焼却されていた。ドラム缶に

（注）「勅使」は、天皇の命令を直接に伝える使者。

横穴をあけた急造の焼却炉に兵隊が次々に書類を投げ込む風景は、学校の校舎を利用した軍の出先宿営地などでも広く見られた。誰の権限で、どんな書類を焼却しようとしたのかも秘密であったと言われる。当時の軍に、戦争犯罪についての正しい認識があったとは思えないが、とにかく占領軍に情報を与えてはまずいと思ったのだろう。どさくさにまぎれて多くの必要な資料が失われてしまった。

国内でも一時は厚木の海軍航空隊に徹底抗戦の動きがあったが、八月二十日までには沈静化していた。その厚木基地にアメリカ軍の先遣隊は八月二十八日に着陸し、翌々三十日には最高司令官のマッカーサーが降り立った。それと並行して横須賀には一万三千の占領軍が上陸用舟艇を使って上陸してきた。日本占領の始まりである。連合国総司令部GHQは当初は横浜に置かれたが、九月十五日からは東京日比谷に移転した。

日本はこうしてGHQの支配下に入ったのだが、当初は「日本政府を存続させての間接統治」とは具体的にどのような形になるのか、双方が探り合う状況だった。その中で東久邇宮内閣の姿勢は、できるかぎり旧来の「国益」は守りたい方向に傾いた。東条英機以下三十九名の戦犯逮捕などは拒みようもなかったが、十月の「自由化指令」で治安維持法の廃止、政治犯の釈放、特高警察の廃止などを迫られると、それらの改革に自力で取り組むのは荷が重過ぎた。内閣は総辞職して次は幣原《しではら》内閣となった。

マッカーサーと対面した天皇

東久邇内閣の外務大臣・重光葵《まもる》は、マッカーサーとの面会を急いでいた。目的は天皇の地位を安泰にし、それによって日本政府も安定させて占領統治をなるべく温和な間接統治へ導くことだった。単独会談で力説したのは、天皇は元から戦争を望まない平和主義者であって、ポツダム宣言を忠実に履行する決意であること、そして国民の絶対的信頼を集めている天皇と政府が協力することで、連合国の占領統治はもっとも効果的に行われるだろうということだった。

天皇の存在が日本軍の降伏を円滑にした事実は、マッカーサーもよく認識していた。政府が崩壊して軍が統制を失えば、日本全土を平定するまでに長期にわたるゲリラ戦が必要になるというのは、占領に当ってのむしろ当然の想定だったのである。その意味で日本側からの協力の申し出は大いに歓迎すべきことだった。

こうした根回しの上で、天皇とマッカーサーの対面が準備された。外務大臣は、終戦処理を終って退任した重光の後任の吉田茂に代っていた。直接の対面の前には、天皇とニューヨークタイムズ記者との会見が行われた。この会見で真珠湾奇襲攻撃の責任を問われた天皇は、「開戦の詔書を東条のごとくに使用するのは自分の意図ではなかった」と答えている。ニューヨークタイムズはこれを「天皇、記者会見で奇襲攻撃の責任を東条に転嫁」と報じたが、東条に全責任を負わせて天皇を免責するという方針は、マッカーサーの承認のもとに固まって行くことになった。

そして九月二十七日に、天皇はアメリカ大使公邸にマッカーサーを訪問した。このときに天皇が「自分の身はどうなってもいいから国民を助けてほしい」と言い、マッカーサーがその誠意に感動したというのが美談のように伝わっている。しかしこれは回顧録で多分に脚色されており、実際の会話では、せいぜい「(日本国民の行動は)最後的にはすべて自分に責任がある」と言った程度の表現であったらしい。しかしマッカーサーが天皇の指導力を高く評価して、今後いつでも話を聞かせてほしいと好意的に会談を締めくくったのは事実のようだ。記念写真は会談に先立って撮影された。

翌々日の新聞各社は、GHQから配られた写真付きで天皇とマッカーサーとの会見を記事にした。正装で緊張している天皇の横で、マッカーサーは略装で手を腰に当てていた。これを見た内務省は「不敬罪」に当るとして発行禁止にしようとしたが、GHQは逆に報道の自由に対する制限を不許可とし、これが東久邇宮内閣退陣への一つの伏線になった。マッカーサーはラフな服装を好んだそうで、この服装は「ましな方」だったともいう。砕けた服装で親愛の情を示したのか、力関係の優位を見せつけたのか。

戦争で死んだ人の数

ところで、第二次世界大戦では、世界の国々のどれほどの人たちが犠牲になったのだろうか。ウィキペディアに「第二次世界大戦の犠牲者」一覧表があるが、数字は上下に幅のある推計値が多い。そこで仮に中央値をとってみると世界全体で七千万あまりの人が死んだとされており、それは世界総人口の三・五％に当る。ここには軍人の戦死者だけでなく、巻き添えや虐待、飢餓などによる民間人の死者も含まれる。

最大の犠牲者を出したのはソ連で二千五百万人（人口比十四％）、次が中国で千五百万人、そして次がドイツの八百万人で、これは総人口の九％に当る。ちなみに日本は三百十万人で、そのうち二百三十万が軍人、八十万が民間人だった。総人口比では四％になる。連合国側はアメリカが四十二万、イギリスが四十五万、フランスが五十五万、オランダが三十万と総じて少ない。そして大半が軍人であり、民間人の犠牲は少なかった。

国別にならない特別な犠牲者となったのがユダヤ人で、五百万以上がナチスドイツの手によって殺害されたとされる。ポーランドの犠牲者五百七十万人の中には、ポーランド国籍のユダヤ人が重複している可能性がある。

そのほかに犠牲者の多かった国や地域が東南アジアに多いのは、日本としては気になるところである。インドネシアを含むオランダ領地域が三百五十万、インドが二百万、フランス領インドシナ（ベトナムなど）が百二十五万、フィリピンが百十一万、ビルマ二十七万、マレー十万、シンガポール五万といった数字が並んでいる。これらの国や地域では地元の軍隊が日本軍と戦ったわけではない。大半は戦争に伴う徴発による飢餓や労務使役、ゲリラの疑いなどによって犠牲になった民間人だったと思われる。さらには日本側ばかりでなく、連合国側からの作戦や工作もあったことだろう。

しかし、アジアの民族を解放する「大東亜共栄圏」をスローガンとして始めた戦争を通して、これほど多くのアジアの民を死なせていたとは信じがたい気がする。中国を含む東南アジアでの戦争犠牲者が二千万人に達したというのは、以前から定説になっていた。日本軍の戦死者は二百三十万人だから、海外へ出て行って「一人十殺」を実行していたことになる。「米英撃滅」どころか、実際にやったことの結果は「アジア撃滅」に近かったのではないか。暴力と独善が支配する戦争の本質がここにある。

前の戦争で日本は良いこともした、そのおかげでアジアの国々は独立できたなどと言う者が今でもいるが、満洲事変から始まった日本の戦争は、あくまでも日本のための日本の戦争だった。植民地支配の不正義を終らせたのは、暴力ではなくて世界の理性だった。その深刻な反省なしには、日本はアジアで信用されるはずがない。

治安維持法で獄死した人々

戦時中の日本国民を縛り戦争に駆り立てていたものに治安維持法があった。これは本来は普通選挙法を実施するときに、社会激変を招かないよう「国体の変更を企み、私有財産制を否定する結社」つまり共産党を取り締まる目的で作られたものだった。この法律が戦時体制になった昭和十六年（１９４１）に全面改定により厳罰化されていた。

その内容は恐るべきものだった。国体の変更つまり天皇制の否定は、最高刑が無期懲役から死刑になった。刑量が全体に引き上げられ、禁固刑がなくなって全部が懲役刑になった。さらに処罰の範囲に「結社の為にする行為」が加わったため、思想警察の裁量がほぼ無限定に拡大されることになった。そして弁護人は私選が禁じられて、司法大臣が選定した弁護士に限ることとされた。

この法律によって多くの学者、言論人、社会活動家など七万人が検挙されたが、起訴されたのは一割程度と言われる。見せしめの威嚇効果が大きかった。それでも取り調べ中の拷問・私刑によって二百名近くが絶命し、千五百名が獄中で病死したとの記録がある。そしてこの治安維持法は、八月十五日の「終戦」以後も廃止されなかった。東久邇宮内閣の内務大臣は、九月になっても「反皇室の共産主義者の処罰は続ける」とイギリス人記者に答えていた。国体護持をポツダム宣言受諾の条件にしたので、治安維持法は必要と思っていた、その程度の認識だったのだろう。

哲学者の三木清は著作も多い著名人だったが、旧知の高倉テルを匿《かくま》った件で拘留処分を受け、終戦時には豊多摩刑務所に収監されていた。ここの衛生状態が劣悪であったため、九月二十六日に餓死に近いほどの衰弱状態で獄死した。知人が集まって葬儀を行ったのを知ったアメリカ人のジャーナリストが、このことを通報してＧＨＱを驚かせた。マッカーサーは十月四日に「政治的、公民的及び宗教的自由に対する制限の除去」を指令し、これを実行不可能とした東久邇宮内閣は総辞職した。

治安維持法による死刑判決は、朝鮮では多く出ているが本土では一件も出ていない。それでも警察での取り調べに名を借りた拷問殺人は横行していた。作家の小林多喜二の例が有名で写真も残っているが、生存不可能な事実上の撲殺だった。殺す寸前まで虐待してから病院へ運んで後始末をさせたと言われる。小林多喜二の場合は、担当官の個人名まで特定されているのだが、戦後になっても過去にさかのぼっての処罰は実現しなかった。

マッカーサー指令で治安維持法も特高警察も廃止されたが、司法官僚の多くは公職追放を免れた。人道に対するナチスの犯罪については時効を認めず、海外へ亡命しても徹底的に追及しているドイツとは鮮やかな対照を示している。

五大改革指令と共産党の再建

十月十一日に、マッカーサーは幣原内閣に対して、自由化について早急に実施すべき五項目を指令した。その第一は「婦人の解放」だった。これによって選挙法が男女平等に改正された。第二が「圧政的諸制度の撤廃」で、政治犯の釈放、治安維持法の廃止などが正式に決定した。第三は「教育の自由主義化」で、これは教育基本法の制定へと進んで行った。第四は「労働組合結成の奨励」だったが、これは法制化を待たずに自然発生的な労働組合の結成が、戦後の生活不安の中で始まっていた。そして第五が「経済の民主化」で、財閥の解体と農地改革による農民の解放がその内容だった。

全国の刑務所に収容されていた共産党員五百名は、これより前の十月十日に釈放されている。マッカーサーの「政治犯釈放」の指令を先行して適用したものと思われる。戦争が終っても日本の法秩序は二カ月近くも戦時中のままの体制でいたわけだ。共産党員はすべて塀の中にいたので、釈放を求める声は塀の外からは起こらなかった。共産党の幹部は釈放を祝ったその日のうちにＧＨＱに謝辞を送っている。

戦前・戦中までの共産党は一貫して非合法政党であり固定した本部を持たなかったが、このとき初めて今と同じ代々木に木造二階建ての本部を構えた。元は映画館で戦時中は溶接学校の校舎や落下傘の縫製工場として使われていたが、党員だった所有者の寄付により晴れて合法政党となった党の本部となった。十月二十日には機関紙「赤旗」の戦後第一号を発行し、その「人民に訴ふ」の中では「我々の目標は天皇制を打倒して、人民の総意に基く人民共和国の樹立にある」と述べている。

当時、最高幹部の野坂参三《さんぞう》は中国の延安にいて、日本軍捕虜の教育などをしながら戦後の活動に備えていた。野坂は翌年の正月に帰国するのだが、その「歓迎国民大会」は、党派を超えて文字通りの国民的な人気を集めるほどの盛会となった。共産党は「愛される共産党」をキャッチフレーズとして発表しており、野坂自身も信仰としての天皇制は容認する姿勢でいたと言われる。危険分子として弾圧の対象だった共産党は、反省と同情も集めて、明朗な公党の一つとして認知されたのだった。

一方、戦前から共産党以外の合法政党として活動してきた社会主義者たちは、旧・社会民衆党の議員たちが中心となって党の再建に動き出し、そこに左派を含む幅広い社会主義者が参加する形で、十一月二日に日本社会党を結成した。党名を決めるときに「社会民主党」とする案もあったが「日本社会党」を選択し、その代わりに英語名は「Social Democratic Party of Japan」として「民主」の名を残すという妥協をしている。宿命的な左右の路線対立を抱え込んだこの党を象徴するようなスタートだった。

天皇の人間宣言

敗戦の年が暮れて戦後の一年目となる昭和二十一年（1946）の元旦に、天皇は詔書という形で、いわゆる「人間宣言」を発表した。これは公式には「新日本建設に関する詔書」と呼ぶべきもので、最初に明治天皇の五箇条のご誓文（「広く会議を興し萬機公論に決すべし」から始まる）を引用して、民主主義的な思想は本来から日本にあったと述べ、その上で「新年に当り誓を新にして国運を開かんと欲す」としている。

そしてGHQから要請されたとされる神格否定の部分については、「朕となんじら国民との間の紐帯《ちゅうたい》は、終始相互の信頼と敬愛とに依りて結ばれ、単なる神話と伝説とに依りて生ぜるものにあらず。天皇をもって現御神《あきつみかみ》とし、かつ日本国民をもって他の民族に優越せる民族にして、延《ひい》て世界を支配すべき運命を有すとの架空なる観念に基くものにもあらず」と述べている。

天皇は自分から「神であるぞ」と主張したことはないのだから、このとき何の異存もなかったと言われる。マッカーサーとしては、「日本人は世界を支配すべき特別な民族だ」という歴史観を否定したところに意義を認めて満足したのかもしれない。しかしよく読むと、天皇が神の子孫だという神話を否定したわけではなく、現実の天皇が神様ではなくて人間の仲間だという当り前のことを言っているだけである。

戦前・戦中の日本が天皇の不可侵性を最大限に利用して国力の集中をはかったことは事実だが、その政治家や軍人たちも天皇が神様でなくて人間であることを知らなかったわけではない。ただ、天皇を神聖不可侵の存在としておいて、周囲からの工作で一定の方向に誘導すると、自分たちの構想を実現するのに非常に好都合であることを知っていた。すべては「天皇のため」と言うことで異論を封殺することができたからだ。

しかしその構図で世界を相手に戦争をしてしまって負けた責任は、どうしたらいいのだろう。この場合、極端に言えば「すべては天皇の命令でしたことだ」と国民が口を揃えて言い、責任を天皇に押し付けて国民が免責されることも不可能ではない。しかし当時もこれまでも、そのような論説も、そのように主張する人物も現れなかったのはなぜだろう。天皇が言うように「相互の信頼と敬愛とに依りて結ばれ」ていたからなのか。

この年頭の天皇による「人間宣言」は、国民にとっての大きな衝撃でもなく、論争の種にもならなかった。天皇が神様でないぐらいのことは、戦時中でもみんな知っていた。この宣言が、近づいてくる東京軍事裁判における天皇の免責と、その交換条件である平和憲法の制定、そして間もなく始まる「愛される天皇」キャンペーンの下準備であることは、国民の誰にも知らされてはいなかった。

日本国民にとっての終戦とは

ここで、日本国民にとっての「終戦」とは何であったかを確認しておこう。それは本土にいた庶民にとっては、空襲の恐怖がなくなって各自の家の再建を考えられるようになったということだった。前線にいた兵士にとっては、死の覚悟からの突然の解放であり、帰還の夢の実現であったに違いない。そして「占領」に来たアメリカ軍は、なぜか進駐軍と呼ばれて国内の各地に駐屯したものの、「鬼畜米英」と呼ばれたイメージとは違う、むしろ日本の軍人よりも威張らない人たちだった。

つい先日まで「一億玉砕」を覚悟せよと言われていた緊張から解放されたその境目が、終戦の「玉音放送」であったことは明らかだったから、そのことに不満を持つ者はほとんどいなかったことだろう。終戦がこういうものなら、もっと早くしてくれれば良かったのにといった疑問は、後からゆっくり考えて出てくるものである。負けたらひどいことになると思っていたのに、そうでもなかった安心感の中心に、天皇が天皇のままでいる事実が大きく作用していたことは疑いのないところだ。

しかし敗戦の年の日本の荒廃は、本当にひどいものだった。鉱工業生産力は戦前水準の一〇%に低下しており、農業生産力も労力と手入れの不足で六〇%に落ちていた。そこへ冷害や台風による風水害が加わり、この年度の産米は平年作の三分の二という大凶作になっていた。さらにそこへ海外から七百万人の軍人、民間人が引き揚げてきて、朝鮮と台湾を失った日本本土に七千万人の日本人が住むことになったのである。食糧不足で一千万人が餓死するという予想まで立てられる状況だった。

そんな中では経済も破綻する。戦時中の経済は強力な統制と配給制度によって維持されていたのだが、戦争の末期からすでに「公定価格」と「闇値」との格差は拡大していた。これが終戦を機にして一挙に破綻状態になったのである。昭和二十年（1945）十月末警視庁調べの資料があるが、白米一升（一・八リットル）は公定が五十三銭に対して闇値は七十円と、じつに百三十倍以上になっていた。綿の靴下一足は五十銭のものが四十円と八十倍である。当時はこんなものまでが統制品だったのに驚かされる。

公平に考えて、敗戦時の日本は本当に国力を使い果たしていたのである。この敗戦が、もしも第一次世界大戦後のドイツのような敗戦であったなら、降伏しても占領されない代わりに多額の賠償金を課せられて、国内は飢餓地獄の中で経済も完全に破壊されるという最悪のコースをたどったに違いない。連合国側は、先の大戦の教訓から、戦後処理を世界の平和につなげるための「国連」をすでに発足させていた。その盟主であるアメリカは、日本の国民を飢餓の大量死から守らなければならない。

天皇・マッカーサー会談（1945 年 9 月 27 日）

第七章　天皇の守護神となったマッカーサー

多忙だったマッカーサー

昭和二十一年（1946）年頭のマッカーサーは多忙だった。まず、破滅的な日本の食糧事情を救い大量餓死者を出さないために、食糧の手当てが必要だった。アメリカの余剰物資を含めて、通常は肥料や飼料になる大豆の搾りかすのようなものまで都市の配給に回した。軍用食品の廃棄物も利用して、東京ではチョコレートのブロックをカロリー計算して「主食」として配給した例があり、これは虫食いで中に虫がいたため、都民は砕いて虫を取り除けてから溶かして固め直して食べた。当時のチョコレートは夢のようなぜいたく品だったから、横流ししても高く売れたことだろう。

一方で連合国の対日理事会は、極東軍事裁判の準備を進めていた。アメリカが主導権を握っているとは言え、ソ連、中国などの意見も無視することはできない。マッカーサーは天皇を免責して占領行政に活用する必要からも、日本の憲法を早く改定して天皇の地位を安定させたいと感じていた。そのためには、新憲法は「軍国主義の完全な放棄」を保障するものでなければならなかった。しかしこの課題を与えられた幣原内閣が提出した改定案は、明治憲法を手直しした程度の期待外れのものでしかなかった。

日本政府に任せては間に合わないことを悟ったマッカーサーは、新憲法のガイドラインをＧＨＱの手で作成して、それに沿った憲法を日本政府に作らせることを決断した。特命を受けた二十五名のチームは、寝食を忘れた「奇跡のような九日間」で原案を作成したと言われる。資料としては日本の各政党や民間団体が発表していた改定案や、世界各国の憲法、日本の歴史なども参考とし、中心には国連憲章に基づく基本的人権や世界平和の理想が据えられていた。原案はＧＨＱ内部の調整を経て二月十三日に日本政府に提示され、政府は衝撃を受けたが、この案に沿って新憲法制定へ進むこととした。

このとき国会の衆議院は前年の末に男女平等の新選挙法を可決した上で解散しており、議会は貴族院のみとなっていた。当初は年明けの早々にも総選挙を行って内閣も刷新すべきところだが、当面の課題が山積みであるため政治的空白を作らないようマッカーサーは総選挙の延期を命令した。二月十七日には金融緊急措置令で預金の封鎖を行い、旧円の流通停止と新円の発行という荒療治を行っている。インフレの抑制、財産の把握による課税の公平化などを狙いとした非常の措置だったが、効果は一時的だった。悪性インフレは、新円による統制の解除後に猛威を振るうことになる。

その一方で共産党が人気を集め、労働組合の結成も奨励されたため、大衆を動員してのデモや集会が活発に行われるようになった。切実な要求は「働けるだけ食わせろ」だったが、ＧＨＱはそれらの暴徒化を警戒した。

東京裁判は何を裁いたのか

正式には極東国際軍事裁判と呼ばれる東京裁判は、昭和二十一年（1946）五月三日に開廷し、ほぼ二年半をかけて日本の戦争指導者二十八名を裁いて、そのうち七名に死刑判決を下し執行した一審制の裁判である。ドイツの戦争犯罪を裁いたニュルンベルク裁判に準じて構成された。訴因はA級が平和に対する罪で、国際条約違反や侵略を問うもの、B級が殺人など一般的戦争法規違反、C級が人道に対する罪で、おもにナチスのユダヤ人虐殺に適用された。よく誤解されるが、ABCは罪の重さの分類ではない。

東条英機をはじめとする被告人が選定された時点で、その中に日本の天皇は含まれていなかった。首席検事のキーナンは、マッカーサーとの間で天皇の免責については意思を統一していた。明治憲法では天皇は臣下の輔弼《ほひつ》を受けて大権を行使することになっていたから、東条をはじめとする軍部が戦争を画策して、天皇は不本意であっても承認せざるをえなかったという理論構成になった。

ちなみに第一次世界大戦の後には戦勝国よる軍事裁判は行われていない。戦争は合法的な行為であって、敗戦国の元首を他国の法律で処罰することは不可能と考えられていた。第二次世界大戦中に連合国側の首脳が戦後処理について話し合ったとき、侵略戦争の開始を犯罪として告発する裁判が必要であることを説いたのはアメリカのルーズベルト大統領だった。この思想で合意されたのが国際軍事裁判で、ナチスの指導者たちは「人道に対する罪」と「不正義な殺人」との併用によって断罪されたのだった。

東京裁判では、日本は政府が崩壊せずに存在していたので、ドイツとは事情が違っていた。しかし戦争犯罪人を処罰することはポツダム宣言にも明示された条件であって、避けることはできなかった。当然ながら判決を下す判事団に日本は参加を許されなかったが、弁護は自由に行うことができた。被告にも弁護団にも共通の強い意思は、天皇に責任を及ぼすことなく、すべての責任を臣下が引き受けることだった。

A級の「平和に対する罪」では、共同謀議に参加していたかどうかが争点になった。つまり侵略政策に積極的にかかわったのは誰かということである。ドイツの場合はヒトラーの指導力に積極的に協力した者が共同謀議者とされたのだが、日本の場合は責任の所在が非常にあいまいだった。その場の「空気」で反対できなかった意思決定の責任は、その場の最高責任者が負うしかないのである。

東京裁判は、東条以下の陸軍軍人が七名中六名の死刑者を出す結果となった。軍部の暴走で戦争に突入したのは事実だから、妥当な結論だったのかもしれない。しかしその最高位にいた天皇という虚構には、責任の追及は行われなかった。

日本国憲法の作り方

二月中旬にＧＨＱから新憲法の草案を受け取った幣原内閣は、天皇の了解を得て極秘のうちにガイドラインに沿った憲法案の作成にとりかかった。原案の英文を法制局の協力を得て日本語の条文として表記し、それをまた英語に翻訳してＧＨＱが審査するという複雑な作業を通して、原案の意図を日本側が反映しているかどうかについての激しい議論も繰り返された。緊迫したやりとりの末に三月の上旬になってようやく折衝を終り、国民に公表する運びとなった。

この草案はもちろん日本政府としての「憲法改正草案要綱」として発表され、三月七日の新聞に掲載された。同じ紙面には、これを支持・承認するとのマッカーサーの声明も掲載されていた。ただしこの段階ではまだ草案であって、今のような憲法の文面ではなく、主権在民、象徴としての天皇、戦争の放棄といった主要な内容を伝えるもので、文体も昔ながらの文語体だった。それでも一般に予想されていたよりも進歩的な内容であり、戦争を全面的に放棄するという姿勢も好意的に受け取られた。

しかしながら当時の国民にとっては食糧危機が最大の問題であり、憲法が新しくなるというのは最大の関心事ではなかった。敗戦にともなう、もろもろの変化の一つという程度の認識であったと思われる。間もなく戦後で最初の選挙となる衆議院総選挙が四月十日に行われることに決定した。戦後日本の政治地図はどうなるのか、保守系も革新系も、さまざまな政党が入り乱れて選挙戦を繰りひろげる中で、新憲法の信任もこの選挙の大きなテーマになるはずだが、まともに取り上げたのは天皇制打倒を叫ぶ共産党だけだった。

衆議院は前年の末に解散していたから、この選挙は政治史上も珍しい政権与党の存在しない総選挙だった。結果は自由党百四十一、進歩党九十四、社会党九十三、諸派無所属百三十三で、共産党も五名当選、そして女性議員が三十九名誕生した。この結果を受けて首相となったのが吉田茂だった。吉田内閣は天皇の諮問機関である枢密院で正式に条文化した新憲法を審議した上、旧憲法の手続きに従って憲法改正案を衆議院に提出し審議を求めた。一部修正した憲法案は八月二十四日、反対八票のみで可決された。

法案はさらに貴族院に送られ、ここでも若干の修正を加えた上で可決された。この「修正帝国憲法改正案」は、最後に再び枢密院で審議され、天皇臨席のもとに満場一致で可決された。こうして日本国憲法は天皇の裁可により十一月三日に公布された。天皇は勅語をもって「自由に表明された国民の総意によって確定されたものである」と述べた。この憲法は半年後の昭和二十二年（１９４７）五月三日から施行されて今に至っている。国体の護持は、憲法改定の手続きにおいても順守されたと言ってよいだろう。

天皇の全国巡幸に見る国民との関係

天皇の全国巡幸は、「人間宣言」を発した翌月の二月から始まった。戦災で疲弊し食糧不足に悩む国民に直接会い、その苦労をねぎらい励ましたいというのは、天皇自身による強い要望だった。しかしこの提案を聞いたGHQは、真意をはかりかねて当惑したと言われる。戦争して負けた国の元首は、国民から恨まれていると思うのが常識だった。不用意に国民の中へ出て行くのは危険ではないのか。

さらに深読みして、天皇がこの時点で国民と直接に接触したら、天皇と共に戦うという反米感情が復活してゲリラ戦が始まるのではないかと心配する声さえあった。しかし人間宣言をして敗戦を受け入れた姿を国民に見せるという文脈なら、占領目的を阻害する要因にはならないだろう。そこで監視役のMP（憲兵）を同行させる条件で、神奈川県下を皮切りとする天皇の全国巡幸を許可した。

長い間厳めしい軍服姿の「ご真影」として君臨していた天皇は、背広に中折れ帽という庶民的な姿で現れた。その様子は新聞でもラジオでもニュース映画でも、大々的に紹介されたのだが、どこでも熱狂的な人気だった。天皇が、ふつうの人との会話に慣れていないことは一目でわかった。庶民に話しかけて少し話を聞くと、すぐに「あっ、そう」と返事をしては次の人へと移って行くのだった。そのぎこちなさとまじめさは、新入りの舞台人の演技が、応援したくなるような同情を誘うのに似たところがあった。

　このイベントには外国人のジャーナリストも同行したので、日本の天皇が敗戦にもかかわらず国民から根強い支持を受けているとして、驚異をもって伝えられた。西欧の常識なら、国を滅ぼした王は処刑されたり追放されたりする。現に三国同盟国の一つだったイタリアでは、国王エマヌエーレ三世は敗戦とともに国外に亡命して、王政は国民投票をもって廃止され、共和制を採用して今に至っている。

　それに対して日本では、天皇はＧＨＱから免責されたばかりでなく、国民からも免責されたように見える。当時の規制はゆるかったから、天皇巡幸を迎える人ごみの中には天皇を糾弾したい引揚者なども混じっていた。しかしその場の雰囲気に呑まれて思ったことが言えず、逆に号泣して復興への努力を誓ってしまったといった記述もある。「天皇を歓迎せず」のプラカードを掲げたのは昭和二十六年の京都大学だけだった。

　日本の歴史における天皇は、いかにも独特の存在である。各時代の政治の実権者というよりも、貴族の家系、戦国の武将などに国の統治を任せた上で、なおかつ形式的にその上に君臨する形で存続してきた。天皇は国民の統合の象徴であり、その地位は国民の総意に基づくという憲法は、絶妙な正解だったのではあるまいか。

戦争に負けた天皇の気持

天皇は天皇以外の身分になることができない。人の生き方として、これ以上に不自由で孤独な人生はないだろう。昭和天皇は物心がつく前からすでに「御養育掛」の手の中にあり、幼稚園も小学校も特別に用意された環境の中にあった。幼時から教えられてきたのは、やがて天皇という責任ある立場になることを自覚してよく学び、周囲の期待に応えることだった。祖父である明治天皇の事蹟を含めて、日本の歴史と天皇との関係についても重々しい威厳をもって教えられていた。

病弱だった大正天皇の皇太子として摂政に立ってからは、軍の最高指揮者としての自覚も身につけた。観兵式での長時間の不動の姿勢に耐える体力も備えるようになった。そして即位以来、臣下の期待に応えるよう誠意を尽くしたつもりである。しかし戦争続きで国際的に孤立する治世には疑問を感じていた。その果てに軍を抑えきれずに対米英の戦争にまで突入してしまったのは、不本意と言うほかはない。

天皇は終戦から間もなくの九月九日に、那須高原に疎開中だった皇太子に向けて手紙を書いている。そこには「敗因について一言、言わせてくれ。我が国人が、あまりに皇国を信じ過ぎて、英米をあなどったことである。我が軍人は、精神に重きをおきすぎて、科学を忘れたことである。軍人がバッコして大局を考えず、進むを知って退くことを知らなかったからです」と述べてあった。小学六年生に向けた手紙だから難しい説明はしなかったにしても、この中には日米開戦を止められなかった、あるいは早期に終結させられなかったことへの自責や悔恨の言葉は含まれていない。

ここに見られるのは、あたかも自然災害を経験したような不可抗力の事象を、心を傷めながら眺めていたような受け身の態度である。戦前戦中の国策指導を通して、天皇の権限とは、それほどまでに小さいものだったのだろうか。明治憲法は立憲君主制で、天皇の権限は内閣の輔弼を通して行使されることになっていたが、政府と天皇との間には、絶えず「内奏」と「ご下問」が繰り返されていた。天皇の内意に沿った政策が提案されるから、天皇は常に「裁可」していればよかったのだ。

その天皇の権限を狭く解釈することで、天皇は東京裁判における訴追を免れることができた。しかしそれで天皇の気持が晴れたはずはない。あの時にああしておけばよかったという後悔は、封印され淀んでいたことだろう。しかし人間宣言したあとの全国巡幸で国民と交わすことのできた親しみの感情は、裏表のないものだった。国軍を統率する権力を失い、神格化の虚構を廃することで、天皇は初めて国民と共にあることを実感できるようになった。それは四十四歳にして知った民主化の恩恵だった。

天皇の守護神となったマッカーサー

敗戦直後の会見から始まった天皇とマッカーサーとの交流は、保護を求める弱者とその庇護者の関係に似たものになってきた。まだ青年期の昭和天皇に対して、マッカーサーは年長で経験豊かな軍人であり行政官でもあり、しかも占領下の日本を支配する絶対的権力を持つ存在なのだった。マッカーサーの「日本人の精神年齢は十二歳程度」という有名な発言も、この文脈で考えると理解しやすい。

昭和天皇には少年期から教え込まれてきた共産主義に対する忌避感と恐怖心があった。実経験としても、摂政だった時代に社会主義者の難波大助に狙撃された虎の門事件、即位してからも朝鮮の独立活動家から手榴弾を投じられた桜田門事件があった。ふつうの青年のように、社会的不正義に目覚めてマルクスの著作に魅力を感じて読みふけるといった経験は持たなかったことだろう。ただ、大正天皇の血を引いて、武術よりも科学研究を好む「文弱」の傾向はあったように思われる。

だから戦時中に大元帥として全軍を統帥する立場になったのは、多少なりとも強いられた役作りの感覚があったかもしれない。しかし御前会議で「対米開戦止むなし」の結論が出てしまって、その緒戦で大勝利が連続した時期に、一時的にせよ自軍の勝利を喜び、もしかすると明治天皇の時代をも凌《しの》ぐ歴史的な大発展をする日本をイメージしたのは確実なところだろう。だが間もなく戦況は悪化して敗戦に向かうのだが、天皇の思い切りの悪さは、戦争指導に少なからぬ無用の損害を生み出した形跡がある。

敗戦とともに天皇の軍事的な役割は消滅した。国を守るために軍の降伏を承認したのだから当然だが、憲法にまで軍備の永久放棄を明記したことについても、天皇は抵抗感を示していない。それはすでに、アメリカ軍の占領下にある現状を「マッカーサーに保護されている」と天皇が感じたことを示している。つい先日までわが国自存の障害であるとして戦った敵国による占領を、保護者による恩恵であるかのように受け入れてしまった変わり身の早さを、いったいどのように理解したらいいのだろう。

そしてこの問題は、天皇ばかりでなく日本人全体の問題であることに気づかざるをえない。アメリカを相手に対立を深めて戦争にまで突入した事実を過ちとして認めるならば、そこに至るまでの十五年戦争の全体を日本人として総括すべきだろうし、その膨張政策の原動力となった軍国主義や選民思想を自ら清算しなければならない。

ところが敗戦後の日本に起こったことは、激しい戦争の突然の終了に伴う虚脱と思考停止でしかなかった。そして戦争犯罪の摘発も、法体系の立て直しも、政治思想の根本的変更さえも、マッカーサーの指令に頼ってしまったのだった。

マッカーサーは得意の絶頂にいた

日本占領の初期数年の間、マッカーサーは多忙だったが、その日常は充実していたことだろう。激しい戦争の結果占領した敵国の国民から、これほど従順な協力を引き出し人気を集めた征服者が、いまだかつていただろうか。ましてそこには戦乱の時代を終らせて恒久の世界平和を築くという、世界史的な使命が重なっていたのだ。そして究極の兵器である原子爆弾までが自分の手の中にあった。これは「成功した正義の戦い」の理想の姿ではないか。怖いものは、もう何もない。

その一方で、これを受け入れた日本人が、一概に自主性のない根無し草として卑下することも、正しいとは思えない。自由民権の思想も地方自立の自治の伝統も、争いを好まず戦は武士に任せて軍事とは無縁で暮らしてきた庶民の性向も、もともと日本の伝統文化に内在していた。天皇を絶対者に押し上げ、挙国一致の圧力の下で戦争に集中したことが、むしろ例外的な時代だったと見ることもできるのである。敗戦によってもたらされた平和と民主主義が、戦時中よりも良いものならば、受け入れを拒む理由はなかった。

昭和二十一年（１９４６）総選挙以降の政治を担当した吉田茂は、日本政府の弱さを利用して占領軍から最大限の援助を引き出す術に長じていた。共産党の復活と労働組合結成自由化との相乗効果で、この年のメーデーは非常な盛り上がりを見せた。その余勢に乗じた「食糧メーデー」では、デモ隊の一部が坂下門から皇居内に押し入って天皇に面会を求める事件も起きた。この状況を見たマッカーサーは、直ちに「組織的な指導の下に行われつつある大衆的暴力と物理的な脅迫手段を認めない」と声明した。これは社会党と共産党を牽制し、側面から吉田内閣を支援する態度の表明だった。

食糧危機については、天皇がラジオを通して「祖国再建の第一歩は、国民生活、とりわけ食生活の安定にある。……同胞互いに助け合ってこの窮況をきりぬけねばならない」と直接国民に呼びかけた。マッカーサーが約束したアメリカからの食糧援助が実現し、天候が順調で豊作になったことにも助けられて、最悪の危機は回避された。

このときマッカーサーが「日本の食糧危機は本当に深刻だったのか。統計が信用できない」と苦情を言うと、吉田茂は「日本の統計が正確なら、戦争に負けませんでした」と答えて大笑いさせたというエピソードが残っている。吉田は屈強の反共主義者であり、また天皇への忠誠心が深いことでも知られていた。

戦争に負けてマッカーサーに占領されたのを機会に、軍国主義の清算も戦争犯罪人の処罰も他力本願で果たした上で、時代の最先端を行く平和立国の憲法まで手に入れた日本という国は、得意絶頂のマッカーサーの、そのまた上を行く利得者に見えてくる。

短い平和と冷戦の始まり

マッカーサーが戦争のない世界を構想していられた幸せな時間は、残念ながらあまり長くはなかった。中国で日本軍と戦っていた国民政府軍と共産軍は、共通の敵がいなくなると、すぐに内戦を再開した。満洲に侵入したソ連軍は共産軍を支援したから、旧日本軍の武器も大量に共産軍に流れた。アメリカは国民政府を支援し、国・共の和平交渉を仲介しようとしたが、所詮は話し合いで解決できる問題ではなかった。アメリカ軍は空爆で国民政府軍に協力することはあっても、地上戦に参加するつもりはなかった。

朝鮮の管理は、三十八度線を境として北側をソ連が、南側をアメリカが担当することとなったが、南北の分断は朝鮮の人々の願いをよそに決定的となった。ヨーロッパに出現した「鉄のカーテン」は、アジアにも姿を現したのである。ソ連の支配地域でない日本でも共産党の主導する労働運動では、ソ連に親和的な革命志向が見られた。昭和二十一年(1946)秋から官公労働者を中心に高まった労働攻勢は、翌年二月に予定された「二・一ゼネスト」で最高潮に達した。

これは経済的な要求とともに「反動吉田内閣打倒」を目的としたもので、公務員の大規模無期限ストを構えた政治性の強いスト計画だった。当時は鉄道(国鉄)も郵便も電信電話も公務員が担っていた。労使の対立が深刻化したのは、吉田の年頭の辞における一部労組指導者への「不逞《ふてい》の輩《やから》」発言など、挑発的な態度にも原因があった。吉田茂は世界の潮流を見て、占領軍の力を借りて共産党主導の労働運動に一撃を加えることを画策したのかもしれない。

このゼネストは、結局実施の直前に「日本の復興に致命的打撃を与え、占領目的を阻害する」とのマッカーサーの命令により中止させられた。共闘議長をアメリカ兵が連行し、ラジオを通して中止指令を全国放送させるという徹底した弾圧だった。民主主義の推進者としての占領軍の顔は、ここで大きく変化をとげたことになる。それは日本の共産主義化は絶対に容認しないという強力なメッセージだった。

中国での国・共内戦は一進一退を繰り返していたが、昭和二十三年（１９４８）に入ると共産軍の優勢が明らかになってきた。最終的には広大な農村部を制圧した共産軍が都市を包囲する形となって、北京、南京、上海といった主要都市も次々に共産軍の手に落ち、昭和二十四年（１９４９）十月一日、共産党による中華人民共和国が成立した。蒋介石の国民政府は、台湾に移って反攻の機会を待つこととした。

こうした環境の変化によって、マッカーサーの日本には共産主義に対する防波堤という役割が生まれた。それを決定的にしたのが翌年から始まった朝鮮戦争だった。

朝鮮戦争の悲劇

朝鮮戦争は昭和二十五年（１９５０）から三年間にわたって戦われた。日本はその前半期は連合軍の占領下にあった。北朝鮮が韓国に宣戦布告して侵攻したのが発端となり、米ソの対立による「冷たい戦争」が、熱い戦争として火を吹いた代理戦争だった。ソ連は、朝鮮半島全部の共産化が可能と見込んだが、これはスターリンの誤算だったと言われる。マッカーサーは在日米軍を率いて国連軍として参戦した。

戦争の経過は、当初は準備不足だった韓国軍が大きく敗退し、南部の釜山中心の狭い地域に追いつめられて、国連軍の支援で辛うじて踏み止まる状況だった。やがて国連軍の戦力が充実すると、マッカーサーは仁川上陸など思い切った戦術で反撃し、ソウル（京城）を奪回するとともに三十八度線を越えて北へ進撃した。ついには北の首都ピョンヤン（平壌）を占領して朝鮮全土を平定するかに見えたが、ここで中国の義勇軍が大挙して参戦してきて、戦線は再び南へ下がり、ソウルも再占領された。

結局は国連軍が再度押し返して、現在の停戦ラインで一時休戦した状態で今に至っている。双方とも犠牲が多く得るところの少ない戦争だったが、アメリカとソ連の最新鋭の戦闘機が空中戦を演じるなど、兵器の実験場のような様相も示した。期間中に国連軍が投下した爆薬のトン数は、太平洋戦争で日本に投下した量の三・七倍に達した。被占領と奪回を二回も繰り返した首都ソウルを始めとして、南北朝鮮が受けた殺戮と破壊のすさまじさは言うまでもない。

日本からの独立を果たしたあとの朝鮮が、今のような分裂国家になってしまったことについては、より大きな国際情勢に翻弄されたという事情があるにしても、そもそもの原因を作った日本としては、心の痛みを禁じえないところである。

この朝鮮戦争が勃発するとすぐに、マッカーサーは日本政府に警察予備隊の設置を指令した。在日アメリカ軍が朝鮮へ出動したあとの治安のためというのが理由だった。マッカーサーはまた海上保安庁を通して日本の掃海艇の出動も命じている。さらに国連軍の兵站基地として日本の工業力も動員した。各種兵器の製造や修理が盛んに行われ、いわゆる朝鮮特需で産業界はフル回転となった。その一方、共産勢力の破壊活動を防止するという理由で締め付けが強化され、要職からの共産党員の追放が命じられた。

戦場に立ったときのマッカーサーは、まさに軍人だった。中国軍の参戦で戦況が不利になった際には、核兵器の使用や中国本土への攻撃も視野に入れていた。しかし戦争の拡大が第三次世界大戦につながることを恐れたトルーマン大統領は、マッカーサーの解任を断行した。こうしてマッカーサーは、予期せぬ形で日本から去って行った。

フィリピン・レイテに上陸するマッカーサー（1944 年 10 月）

第八章　講和条約と日米安保条約

マッカーサー後と講和条約への道

すべての任務から解任されたマッカーサーが昭和二十六年（１９５１）四月に離日したとき、空港への道路には二十万人の市民が詰めかけて見送り、新聞は丁重な謝辞を掲載した。征服者の将軍が、これほど相手国民から慕われた例もないだろう。帰国したマッカーサーはアメリカ議会で「老兵はただ消え去るのみ」と退任の演説を行った。本心では次の大統領選挙への出馬を期待していたのだが、年齢的にも無理だったようだ。

マッカーサー後の日本の課題は、連合国との間に講和条約を締結して独立を回復することだった。この任に当ったのが吉田茂である。継続中の朝鮮戦争によって、日本の立ち位置は否応なくアメリカ中心の連合軍側に組み込まれていた。その効果で工業力、経済力が目ざましく向上しているのは明らかだった。しかし問題は独立回復後の日本の安全保障だった。憲法で戦争の放棄と非武装を規定している以上、再軍備には憲法を変えなければならない。憲法に手をつけないのなら、講和後にもアメリカ軍の駐留を認めざるをえない。現に朝鮮では戦闘中なのだから、ここにも選択肢はなかった。

アメリカ軍の駐留継続を望んだのは、昭和天皇も同様だった。新憲法によって政治的権能を持たないことになったにもかかわらず、天皇の政治感覚は旧憲法時代とほとんど変っていなかった。政治課題について首相や閣僚に「内奏」を求めたり「ご下問」を発するのは珍しいことではなかった。昭和天皇が共産主義に対して強い警戒心を抱いており、アメリカ軍を庇護者と感じていることを、吉田はよく知っていた。

当時の国内で議論されたのは、ソ連および共産主義国となった中国をも含めた諸国との全面的な講和をめざすべきとする「全面講和」と、アメリカ主導の講和を先行させる方式との選択だった。こちらは「単独講和」と呼ばれたが、当時の感覚としては「自由世界」の一員として国際舞台に復帰するということだった。全面講和を主張したのは共産党、社会党であり、学者・文化人にも全面講和を支持する人が多かった。当時の世界を二分していた冷戦構造の、国内への投影だったのである。

日本では昭和二十二年（１９４７）の「二・一ゼネスト」挫折後の総選挙で、一度だけ社会党が第一党になったことがある。このとき吉田は政権を明け渡して社会党首班の片山内閣を成立させた。片山内閣は労働省の設置や労働法の整備、民法の改正などに一定の成果をあげたが、自由党が参加しないため政権運営は常に不安定で、一年足らずの短命に終った。その後は民主党と社会党が連立する芦田内閣となったが、これが疑獄事件で倒れた後は保守が合同して民主自由党となり、総裁の吉田茂が返り咲いた。その後長期にわたって国会では社会・共産の「革新勢力」が三分の一となって行く。

講和条約と日米安保条約

　吉田茂の最大の業績と言えば、やはり講和条約を結んで日本国の占領状態を終らせたことだろう。この「日本国との平和条約」は、昭和二十六年（１９５１）にサンフランシスコのオペラハウスで調印され、翌年に発効するのだが、この時期を含む六年以上の長期にわたって吉田は総理大臣の地位を占めていた。

　この条約はポツダム宣言を受諾した結果の総括だから、本来は連合国側に参加したすべての国との間で結ばなければならないのだが、ソ連は参加はしたが調印せず、中国は台湾の国民政府も本土の中華人民共和国政府も、また交戦国でなかった南北朝鮮も招待されなかった。これらの国との国交回復は、以後の個別交渉の課題となった。

　それにしても、条約への署名国は日本のほかに四十八カ国にも及んでいた。そこには中南米、中東、アフリカなど、聞いたこともないような名前の国も含まれている。日本は知らないうちに、ほとんど世界中の国から宣戦布告を受け、文字通りに世界の孤児となって戦争をしていたことがよくわかる。最後まで中立国でいてくれた国は、スイス、ポルトガルなど、数えるほどの少数しかなかった。

　講和条約により、日本は領土として樺太、千島、朝鮮、台湾を放棄し、沖縄および南洋群島、小笠原諸島などをアメリカの信託統治に委ねることを承諾した。賠償については、連合国は戦争による損害賠償請求権のすべてを放棄した。そして日本を占領している連合軍は九十日以内に撤退することとし、日本には国連憲章に定める自衛権があることを承認した。さらに日本を一方の当事者とする協定によって、他国の軍隊が駐留することは妨げないことも規定していた。

この調印式に臨んだ吉田茂は、巻紙に墨筆で縦書きした原稿を読み上げて「欣然これを受諾いたします」と宣言した。こうして日本の占領時代は終止符を打たれることになったのだが、吉田はその日のうちにもう一つの調印式に行かなければならなかった。その会場は簡素な米軍施設の中にあり、そこへは随員も連れずに一人で行って調印してきたと言われる。それが独立後もアメリカ軍が日本に駐留を継続することを協定した「日米安全保障条約」だった。物議をかもす条約であることを自覚していたのだ。

日本の独立に当って、アメリカ側は日本の再軍備を望んでいた。しかし吉田にはその気がなく、日本は軽武装のままで経済発展に専念するのが有利と考えていた。再軍備を断る理由としては、マッカーサーの置き土産の憲法が最大の武器になった。憲法を変えようとすれば「革新勢力」が三分の一を占める国会は大混乱になるだろう。警察予備隊が保安隊になっても、吉田茂は「あれは軍隊ではない、戦力でもない」と答弁して押し通した。

独立の回復と皇太子の成人式

昭和二十七年（1952）四月に講和条約が発効し、日本は独立を回復した。GHQも当然に廃止されたのだが、これで連合軍の占領が終ったという解放感はなかった。アメリカ軍は日米安保条約によって駐留を続けており、目に見える変化が何もなかったからである。この欲求不満感は、直後に行われたメーデーで爆発した。皇居前広場を使用禁止にした規制に反発したデモ隊は「人民広場」の奪回を叫んで乱入し、警察の機動隊と乱闘する「メーデー事件」を引き起こした。

これは反米闘争の一翼であり、アメリカと結んで共産主義と敵対する日本政府への抵抗だった。これに対して吉田政権は「破壊活動防止法」の制定を急ぎ、反対する社会党および総評加盟の労働組合などの激しい抗議行動をも排除して国会で可決・成立させた。占領下での財閥解体も見直され、三井、三菱、住友といった商号も復活した。敗戦で禁じられていた各種の規制が解かれて、戦前からの伝統的日本の諸制度が復活し「逆コース」と呼ばれる風潮になった。これに反発する共産党は冒険主義に走って各地で騒乱事件を起こしたが、この年の総選挙では議席ゼロの憂き目を見ている。

この年の後半に明るい話題として迎えられたのは、皇太子が成年に達し「立太子の礼」

をあげたことだった。皇室典範によって、皇族は満十八歳で成人と認められる。学習院大学一年生となった皇太子は、天皇から冠を授けられる「加冠の儀」を経て、立太子礼に臨んだ。皇太子が次の天皇になることは皇室典範で決まっているので、法的な必要はないのだが、閣議決定による国事行為としてこの立太子礼は行われた。

この日、青山の東宮御所から馬車で皇居に向かう皇太子の行列は、沿道に詰めかけた大群衆の歓迎を受けた。加冠の儀では、吉田首相以下三権の長、各都道府県知事、各国大使など三百名が参列する中、衣冠束帯に身を固めた皇太子が、同じく正装した天皇皇后と対面して冠を受け、天皇への謝辞と決意を述べた。それは平安絵巻そのままの華麗な式典であり、皇太子の「これよりは童心を去り……」の言葉が印象的だった。

このとき衆議院議長の大野伴睦は感極まって涙に咽《むせ》んだと言われる。吉田茂も寿詞《じゅし》を述べるとき「臣茂申す……」と切り出して、あとから時代錯誤だとの批判を受けた。しかし本人にとっては自然な感情の流れだったに違いない。憲法がどうであろうと、若く健やかな皇太子を得て、皇室の安泰と日本国の復興を確信したことだろう。

この宮中行事は、ラジオによって中継放送された。皇太子の登場は、日本の独立回復と再出発の象徴となった。皇太子の決意表明には心がこもっていた。しかしそれは古い日本の復活ではありえなかった。皇太子こそが新憲法の申し子だったからである。

もはや戦後ではない

朝鮮戦争は昭和二十八年（１９５３）に停戦が実現し、戦争に伴う特需は終って日本経済は一時的に落ち込むのだが、経済復興への基礎体力はすでに整えられていた。生活再建への旺盛な需要を背景として国内消費が伸びたばかりでなく、造船や鉄鋼生産などでも強い国際競争力が回復して貿易黒字を伸ばして行った。戦災で工業施設が壊滅したことが、設備一新の近代化を促進する結果になり、海岸線の長い国土の地形は、資源や製品の輸入に最適の港湾施設を整備するのに役立った。

昭和三十一年（１９５６）は、いろいろな意味で画期的な年だった。この年の「経済白書」は、技術革新による日本経済の発展を強調して「もはや戦後ではない、近代化によって支えられる新しい成長の時代に入った」と結論づけた。政治では、左右に分裂していた社会党が前年に合同して一本化し、保守党も合同して自由民主党となっていた。そして鳩山一郎の内閣が、この年にソ連との交渉に取り組み、日ソ国交回復を実現させた。これにより懸案だった日本の国連加盟が、総会の全会一致で承認された。

その一方で、かねてから自衛隊は憲法違反の疑いがあるので、憲法を改定すべきと主張していた鳩山首相は、憲法改定を政治日程に上げることができなかった。衆参両院の三分の二以上の賛成で発議するというハードルが高かったのである。その間にも立川基地の拡張をめぐって、立川市砂川町では基地反対闘争として土地収用の無効確認訴訟が起きていた。この紛争は翌年まで続き、アメリカ軍の駐留は憲法の禁止する戦力の保持に当るので全員無罪という東京地裁の判決が出た。この判決に対して、検察側は最高裁に跳躍上告したのだが、このとき最高裁判所長官の田中耕太郎が、駐日アメリカ大使に「善処」を約束したという疑惑が指摘されて今に至っている。

これ以降、憲法と防衛力の問題は、高度な政治的決定なので司法は判断しないという最高裁の「鬼門」が出来てしまった。そこから見えてくるのは、日米安保条約は日本国憲法よりも上位にあって動かすことができないという、日米関係の実像である。鳩山内閣以降、日本の保守党政権は歴代が一貫して経済成長を推進してきたのだが、防衛力と日米安保関係だけが手のつけられない難問として順送りされてしまった。本来なら自衛隊の充実とともにアメリカ軍は順次に撤退すべきところだが、自衛隊が正規の軍隊でないために、アメリカ軍の下部組織のように癒着した存在に見えてくる。

経済力では「戦後」を脱してアメリカの脅威にさえなってきた日本だが、防衛力に関しては、戦後どころか「占領下」がまだ続いているような現状と言わざるをえない。憲法を「制約」と考えている間は、このジレンマから逃れる方法はないだろう。

新幹線が走ってもオリンピックを開いても

昭和三十年代以降の日本の経済発展は、めざましかった。この高度成長期には、経済成長率は毎年十％以上が常識だった。それはサラリーマンの給料が、黙っていても毎年春には一割以上増えることを意味していた。有効求人倍率は一倍を下回ることはなく、常に超安定雇用が実現していた。当時の求人には非正規雇用という形態はない。就職するということは、正社員となって社会保険が完備した環境で働くことを意味していた。アルバイトという時間給の仕事は、学生や主婦など限られた人たちのものだった。

この時期の日本経済は、民主主義で実現した社会主義とまで言われた。つまり分厚い中間層が形成されて「一億総中流」となり、所得格差の少ない社会が実現したのだった。会社の給与体系では、日本では平社員と経営役員の格差は一対十ぐらいだが、アメリカでは役員は百倍もの報酬を得ているといった話が、遠い国の話として伝わってきた。

庶民の経済力が向上したことで、消費生活はすさまじいほどの勢いで変貌して行った。高根の花と思われていた電気洗濯機や冷蔵庫が、またたく間に各家庭の必需品となり、性能が良くなる一方で価格が下がって行った。そのようにして「三種の神器」なるものが、何代かにわたって話題になり、たとえば「三C時代」のそれは、カラーテレビとクーラーと自家用車（カー）のことだった。

この時期を象徴するのが、昭和三十九年（1964）の東京オリンピック開催と、世界初の高速鉄道を実現した東海道新幹線の開通だった。この二つは、日本が単なる「復興」の段階を超えて、新興国として世界をリードする立場になったことを示していた。東京オリンピックの運営には、自衛隊員の支援も光っていた。閉会式の国旗降納と最後の行進を担う中で聖火が消え、照明も消された上空に輝いた満月は、感動的なラストシーンとして賞賛を集めたのだった。

それでも日本中が一枚岩で繁栄を謳歌していたのではない。昭和三十五年（1960）には日米安保条約の改定をめぐって激しい抗議運動が起きていた。国会周辺は連日のように労働組合員や全学連によって包囲され、デモ隊が議事堂構内に突入する事例もあった。国会南門では、東大生の樺美智子が機動隊との衝突で死亡する事件も起きた。

労働界では、前年から三井三池炭鉱で大規模な争議が続いており、「総資本対総労働の対決」と呼ばれていた。この争議には、石炭から石油へのエネルギー転換という歴史的な背景もあったのだが、争議の最後には労働組合が分裂して「労々対決」に陥るという悲劇も招いた。日本の国内には常に三分の一の「革新勢力」あり、それは国会にも反映して、事あるごとにアメリカに追随する保守政権と対立を繰り返すのだった。

ジャパン・アズ・ナンバーワン

日本のＧＮＰ（国民総生産）は、昭和四十三年（１９６８）にフランス、イギリス、ドイツを抜いて世界第二位に躍進した。人口一人当りでは各国に及ばず、庶民の生活とくに居住環境が先進国に比べて「ウサギ小屋」と呼ばれるほど貧弱なのは相変らずだったが、経済力で世界の主要国の仲間入りしたことは確かだった。この経済力の成長は、軍事支出が少なく、もっぱら民需生産に注力した結果として得られたものだった。

初期の経済成長は、占領下の一ドル三百六十円以来、割安に設定されていた為替レートが輸出に有利だったことにも助けられていたが、順次に自由化を進めて東京オリンピックの昭和三十九年（１９６４）には貿易と為替の原則自由化を認めていた。しかし日本は関税障壁など国内産業を保護する政策にもぬかりがなく、アメリカとの間にしばしば貿易摩擦を引き起こすほどだった。アメリカの国内産業にとって脅威になったのは、最初は繊維製品であり、やがて自動車産業が主役として登場してきた。

昭和四十八年（１９７３）には中東戦争にからんで石油価格が暴騰するオイルショックがあり、日本も「狂乱物価」と呼ばれるほどの物価騰貴に襲われて、高度経済成長は終焉したと言われたこともあった。しかしそれは世界同時の混乱であって、日本経済の立ち直りはむしろ早かった。そしてその六年後の第二次オイルショックに際しても、深刻な不況に陥ることなく切り抜けることができた。

オイルショックは、エネルギー大量消費への反省となり、日本では省エネルギー技術の開発など、産業合理化への契機になったと言われる。そのほか、高度成長期には各地での公害の発生、都市の大気汚染など産業の負の側面も表面化し、水俣病などは多世代にわたる禍根を残した。しかしそれらの負の要素さえも、公害防止技術の開発に結びつけるなどしながら、日本の産業は発展を続けていた。

昭和五十四年（１９７９）、アメリカでは「ジャパン・アズ・ナンバーワン」（エズラ・ヴォーゲル著）という本が出版され、日本でもほぼ同時に日本語版が発行されてベストセラーになった。著者は経済発展を支えている日本人の特性として、学習への意欲と読書習慣をあげていた。その国民の力を、優秀な経済・財政の官僚が指導し引き出しているというのだ。そしてこれは、アメリカへのレッスンであると述べている。

この時点では、日本人にとっては心地よい書籍だった。ライバルの力を率直に認めてくれるアメリカらしいフェアプレーの精神に満ちているように思われた。日本経済の黄金期は、世界からナンバーワンと呼ばれるまでになったのだった。そして本当に、この翌年に日本の自動車生産台数は、アメリカを抜いて世界の一位になった。

バブル崩壊と昭和天皇の崩御

二十年近くも連続した順調な日本経済の発展の間には、沖縄返還、日中国交回復、田中角栄首相による日本列島改造計画、ドル・円の変動相場制移行、ベトナム戦争終結、国鉄分割民営化など、いろいろなことがあった。その間には何次にもわたって自衛隊の防衛力整備計画も進められていたのだが、国民の関心の中心は、なんと言っても経済成長に伴う生活の変化に向けられていた。アメリカの第一の関心事は、依然としてソ連との対立に負けないことだったから、安保条約による日米関係は相対的に安定していた。

バブル絶頂期の日本の不動産価格の高騰ぶりは、「日本の不動産の総額で、アメリカが二つ買える」と言われるほどだった。サラリーマンが持ち家の相談で金融機関の窓口に行けば、日本中のどこであっても、土地さえ担保なら融資すると誘われるのが常識だった。株価は、昭和が終った平成元年（１９８９）の年末に三万八千九百五十七円の史上最高値をつけている。それが九カ月後には半額に暴落するのだが、バブルの渦中には誰もそんなことは知らない。異常の中では異常が通常になるのだ。

この時代の日本人を象徴する言葉が「エコノミック・アニマル」だった。経済つまり損得の金勘定に価値観が特化して、文化、環境保護、人道支援、世界平和といった人類の普遍的な価値への貢献や関心を忘れてはいないかという、やや自虐的な響きもあった。経済大国になってはみたものの、国の進路はまだ見えなかった。

そんな中での昭和天皇の崩御だった。前年の夏から天皇の病状は公表され、テレビ放送は娯楽番組を自粛するなど、国をあげての見守りムードとなった。昭和天皇は在位年数が六十二年あまりと、神話時代を除く歴代天皇の中でももっとも長かった。その前半人生は戦争の連続であり、前代未聞の敵国への降伏を経験した天皇でもあった。闘病の意識の中で、最後に去来したものは何だったのだろう。多くの国民が「天皇陛下万歳」を唱えて戦火の中に死んだことは、臨終の夢を乱さなかっただろうか。

降伏してマッカーサーの指導下に入り新憲法を受け入れたことを、天皇は後悔してはいなかった。あの場合の判断としては、むしろ最善の結果を導いたとさえ思っていた。そもそも天皇には、自分が主役として日本の歴史を作ったという自覚はなかった。臣下の提言を裁可して行く中で、時として自分の感想を述べただけである。その意味では時代の流れの表面に浮かんでいたに過ぎない。

それでも戦争犠牲者への哀悼の気持は、誰よりも強く持っていたつもりである。混濁する意識の底には、宮城前を埋めた日の丸の旗の波と「万歳」の声があった。天皇の死を待っていたかのように、日本のバブルは崩壊し、世界の激変も始まった。

軍艦に乗艦した昭和天皇。右は伏見宮博恭海軍大将（1927 年）

第九章　昭和天皇との会話

もう一人の皇太子

ここで読者には、この本の冒頭部分を思い出していただきたい。私は宇宙の始まりにおいて、電荷が反対でペアになる二つの宇宙が生まれ、全く同じ経過で成長を始めたことを前提にして書き始めた。だからこれまでに書いてきた日本の歴史経過は、私たちが実際に住んでいる日本の歴史そのものだったと理解していただいて差し支えない。

しかし今から未来に向けては、無限の可能性がある。その可能性の一つとして、昭和八年に生まれた日本の皇太子が、自らの体験を踏まえて日本の未来のために、昭和史を総括した遺言を残すという場面を描いてみたいと思う。そのため、この部分については、宇宙がもう一つあったという「もう一つの日本」の話になる。

過去については二つの宇宙は厳密に同じだったのに、未来についてだけ違いができるとは不自然と思われるかもしれないが、歴史とは常にそういうものだったのではないだろうか。過去は修正ができず、さかのぼってやり直すこともできない。しかし未来についてなら、人はあらゆる可能性を試すことができ、信じるところに従って努力することもできる。人が大自然の一部分として生きるとは、そういうことだ。たとえ結果が、何もしなかったのと同じであろうとも。

昭和八年（1933）に日本国民の祝福を受けて誕生した皇太子は、じつは昭和天皇によって「建仁《たけひと》」と名付けられていた。この建仁親王は、父母である天皇、皇后の下で三歳までは三人の姉たちおよび二歳年下の弟とともに育てられた。

しかしこれは、子供は生後間もなくから他人に預けて厳格に育てるという伝統的な天皇家の教育法からは外れていた。こうした「帝王学」に基づく教育に対し、昭和天皇は家族が共に暮らす通常の家庭生活を強く望んだと言われる。

そこで一つの妥協策として、満三歳を過ぎたところで建仁皇太子は赤坂離宮内に新築された東宮仮御所に移り、そこで傅育官《ふいくかん》によって育てられることになった。こうして建仁は大勢の大人の職員に囲まれて暮らすことになったのだが、物心ついてからの家族からの別れであっただけに、余計に心細さを感じたのかもしれない。ただし養育には子ども同士の遊びも重要であることから、学習院幼稚園から選ばれた同年齢の子どもたちが定期的に御所を訪れるといった配慮もなされていた。

そして学習院初等科入学以降は、学友とともに通学して教育を受けた。明治時代に定められた皇室令により、皇太子は満十歳で陸海軍の少尉に任官することとなっていたのだが、昭和天皇の意向でこれは見送られた。そのため建仁は軍籍を経験することなく終戦を迎えることになった。

皇太子建仁親王の即位

昭和天皇の崩御は、直ちに皇太子が天皇に即位することを意味する。その日付は、昭和天皇が崩御した昭和六十四年（１９８９）一月七日の当日である。この日から皇太子は天皇となった。新しい年号は「平成」であると翌日に内閣から発表された。

在位中の天皇は「今上天皇《きんじょう》」と呼ぶのが正式だが、この呼び方は日常的には使われない。常に天皇は一人しかいないのだから「天皇陛下」または「陛下」と呼ぶだけで事実上の固有名詞になる。あえて第百二十五代の天皇を特定するには「平成天皇」と呼びたくなるのだが、近代の天皇制では諡《おくりな》として没後に年号をその時代の天皇の名とするので、在世中の天皇を呼ぶのは失礼になるだろう。そこで本稿では単に「天皇」または「建仁《たけひと》」と呼ぶことにする。

また、昭和の時代が終ったあとは、年号には平成を使わず、西暦に一本化したい。昭和生れの者にとっては、六十三年も続いた昭和の年号は絶対的に近い時間尺度になっていたのだが、それが終ったあとは昭和の呪縛から解放されたいのだ。

思えば彼が皇太子でいた年月は長かった。生まれてすぐから五十五年間も待たされていたことになる。少年時代は戦争の渦中だった。そして敗戦とともに皇室もゆらぎ、父・昭和天皇の立場も大きく変ったことを目の前で見てきた。少年期に受けた厳しい「国軍の大元帥」になるべき教育は、戦後は開明的な「自分でものを考える」ことを重んじる教育へと変化した。そうした中で外国の王家のことを学び、日本の天皇制についても客観的に学ぶことができた。学生生活では、何でも話し合える友も得た。

中でも大きかったのは、青年期の恋と、それを貫いて生涯の伴侶を得たことだった。人として生きることと、皇太子・天皇であることを両立させるという奇跡のようなことが、この妃を迎えることで可能になったのだった。そして家庭人の幸せを実現した上での即位だった。即位の礼は、世界の百カ国を超える国々から元首級の賓客を迎えて盛大に行われた。その式場で天皇は次のような「お言葉」を述べた。

「さきに、日本国憲法及び皇室典範の定めるところによって皇位を継承しましたが、ここに即位礼正殿の儀を行い、即位を内外に宣明いたします。

このときに当り、改めて、御父昭和天皇の六十余年にわたる御在位の間、いかなるときも、国民と苦楽を共にされた御心を心として、常に国民の幸福を願いつつ、日本国憲法を遵守し、日本国及び日本国民統合の象徴としてのつとめを果たすことを誓い、国民の叡智とたゆみない努力によって、我が国が一層の発展を遂げ、国際社会の友好と平和、人類の福祉と繁栄に寄与することを切に希望いたします。」

昭和天皇との会話

あわただしく過ぎた父・昭和天皇の大喪の礼と自身の即位の礼が一段落したとき、天皇は改めて父と子である昭和天皇との関係を考えてみた。もとより自分は一般家庭での親子の関係というものを知らない。父は常に「陛下」であって、時には家庭的な場面を写真に撮られることはあったが、本当に対面して二人だけで話し合いをした時間が、どれほどあっただろうか。病状が悪化して見舞いに訪れた際にさえ、いつも誰かが近くにいたような気がする。人払いをして遺言を伝えられることもなかった。

考えてみると「陛下の御心」とは、傅育《ふいく》官たちの口から間接に聞かされたものがほとんどすべてで、とくに敗戦までの少年期にはそうだった。疎開先の那須高原で受け取った直筆の手紙には、敗戦の原因として軍人たちが自信過剰に陥って科学を軽んじたと書いてあったが、戦争そのものの可否については何の言及もなかった。わかっているのは勅語その他で述べられている「朕は国民とともにある」という立場だけである。

連合軍に降伏してマッカーサーの支配下に置かれたとき、新聞の第一面に載せられたマッカーサーと並んだ記念写真の衝撃は、永久に忘れられない。勝者と敗者との力関係を、まざまざと見せつける構図だった。日本はこれでアメリカの植民地になってしまうのかと思った。日本を代表してそこに立つ天皇の姿が痛ましかった。

それから後の占領軍との関係が、事前に予想したよりもはるかに穏和なものであったことは否定しない。そして父天皇は自ら進んでマッカーサーの指導する民主主義を受け入れ占領政策に協力しているように見えた。そうした中で新しい憲法が制定され東京裁判が始まったが、天皇が訴追されることはなかった。中学生になった皇太子は、一度だけ問わず語りに天皇から聞かされたことがある。日本とアメリカとは、伝統的に友好関係で結ばれていて、戦争をしたのは短い間だけなのだと。

そのときは、そんなものかと思った。しかし高校から大学へと進み、いろいろな本も自由に読めるようになってから、日本が起こした戦争の規模の大きさと、それが継続した時間的な長さについての認識を深めることができた。その上で日本国憲法が制定された事情とその内容を考え合わせると、前文から始まる平和主義が、単なる言葉ではなくて、壮大な思想として築かれていることを実感できたのだった。

成人後の皇太子でいた長い間に、建仁は何度か天皇との架空の対話をしてみた。問いたかったのは、あの戦争への責任をとらなくてよかったのですかということだった。しかし「退位も考えたが、許される環境ではなかった」という答えがわかっていた。そして父の退位後に、自分が早く天皇になりたいなどとは、毛頭思っていなかった。

激変する世界の中で

天皇が代替わりした一九八九年の四月から、懸案だった消費税が導入され、買い物に三％の消費税が加算されるようになった。財務官僚は「これで国家財政百年の計が立った」と自賛したそうだが、庶民の暮らしには一円玉のやりとりという面倒が復活した。それまでは十円銅貨が事実上の最小通貨になっていたのだ。

この消費税の導入は、政権与党の不人気を招いた。この夏の参議院選挙では自民党に強い逆風が吹き、初めて野党の当選者数が上回る与野党逆転現象が起きた。非改選の議員は残っていたが、参議院が「ねじれ国会」になる前兆だった。

そして十一月になると、米ソ冷戦の象徴だったベルリンの壁が崩壊するという、誰もが予想しなかった大事件が起きた。核兵器を構えてアメリカと対立を続けてきたソ連が、国力の限界を露呈して、ゴルバチョフの主導のもとに緊張緩和への転換を始めたのだった。共産圏諸国を締め付けていた鉄の規律がゆるみ始めると、その崩壊には加速度がついた。東欧・バルト諸国では相次いで政変が起こってソ連圏からの自立を求め、ソ連の国内でもペレストロイカ（改革）の名のもとに自由化の流れが始まった。

鉄のカーテンと呼ばれ、永続的とも思われていた「共産圏」という名の壁は、それから二年のうちに消えてしまった。ソ連は独立国家共同体（CIS）への移行を経て、ロシアという昔の名前の「ふつうの国」になったのである。国際世論はこれを共産主義の破綻であり、資本主義の勝利ととらえるのが大勢だった。しかし「共産主義は資本主義という未来を手に入れたが、資本主義は社会主義という未来を失った」という論評もあった。マルクスが生きていたら、スターリンのソ連を共産主義の実現と評価することは絶対になかったと思われる。あれは中世絶対主義の変種だと切り捨てたに違いない。

一九九三年になると日本でも大きな変動があった。総選挙で自民党が敗北し、非自民連合の細川内閣が成立したのである。ここで共産党を除くほとんどすべての政党が政権与党を経験することになった。野党歴の長かったベテラン議員が「国会質問で政府は……と追及しようとしたら、政府はオレだった」という笑い話が残っている。

人気は高かった細川政権だが、寄り合い所帯の弱点を克服することができず、短命に終った。政局の混迷をつき、自民党は思いがけない奇手で巻き返しに出た。社会党の党首を首班に指名することで強引な連立工作を仕掛けたのである。そして「断るわけにも行かない」と応じた村山内閣が成立した。これが社会党にとって命取りになったことは周知の事実である。社会党にとって唯一の慰めは、戦後五十年の節目に総理大臣として発した「村山談話」が、今もアジア諸国への謝罪として生きていることだろう。

冷戦の終りとアメリカの一極支配

ソ連が崩壊し冷戦の構造が消滅したことで、地球はかなり安全な星になった。なにしろ冷戦中はアメリカ本土の上空には、原爆を積んだ複数の爆撃機が、交代しながら常時飛んでいたのだ。いつ戦争が始まっても敵のミサイルによる先制攻撃を避け、直ちに敵国への攻撃を開始するためだった。そんな張りつめた警戒が必要なくなった。

共産圏の壁が消失したことで、アメリカの資本は世界のどこへでも進出できるようになった。それをサポートするアメリカの軍事力は、文字通りに世界無敵になった。アメリカは一応は国連の権威を利用しつつも、事実上の世界の警察官を自任するようになった。それに対抗する力としては、経済統合を先行させて政治的にも協力関係を強めてきたEUがあるだけだった。

この時期の軍備優先から経済優先へのシフトは「平和の配当」と呼ばれた。ベトナム戦争の泥沼で傷ついたアメリカ社会でも徴兵制は廃止になった。それ以後、アメリカにおける軍人の就業人口に対する比率は一％程度で推移している。これは冷戦中の五％に比べても隔世の感のある数字で、西欧先進国ではいずれも徴兵制は過去のものになりつつあり、徴兵制を残していても「良心的兵役拒否」を認めている国が多い。

こうした中で、日本でもアメリカとの関係を見直し、駐留軍の規模を縮小する機会があった筈である。しかし、そんな先見性のある大物の政治家はいなかった。むしろ社会党の崩壊後は「保守」対「革新」の構図が崩れ、政策の軸を持たない政治家集団が離合集散する流動化の時代が始まった。

さらに細川内閣が唯一の置きみやげとして残した衆議院の小選挙区制は、二大政党による政権交代を期待したにもかかわらず、自民党の一党支配を温存する結果になった。本来は政党本位の選挙を実現して死票を減らすことを目指し、比例区を主として小選挙区を従とする構想だったが、小選挙区が主体となってしまった。細川首相は最低でも比例と小選挙区の配分を同数にと抵抗したが、最後に押し切られて激怒したと言われている。

日本の政界が内輪の抗争に明け暮れている間に、日本は経済的にも軍事的にも、より強くアメリカに支配されるようになった。そのスローガンになったのが「グローバル時代への対応」であり「日米同盟の深化」だった。原発導入の推進、金融市場の開放、そして自衛隊装備の更新とアメリカ軍との共通化が進められた。

世界は戦争から遠ざかると思われたのだが、そうはならなかった。中東・アラブの不安定化、イスラム過激派の台頭などに、アメリカは直接に介入するようになった。そこへロシアの復活、中国の台頭という新しい仮想敵も加わってきた。

民主党政権という一瞬の夢

二十世紀が終った西暦二千年代の初頭に異彩を放ったのが小泉純一郎首相による「聖域なき構造改革」だった。「自民党をぶっ壊す」という威勢のいいかけ声で人気を博し、郵政の民営化が改革の本丸だと叫んでいた。民間にできることは民に任せ、小さな政府で財政を健全化すると説いたが、それは反面で格差を拡大する政策でもあった。

北朝鮮による日本人拉致や領海侵犯の問題については、自ら北朝鮮に乗り込んで金正日総書記から公式の謝罪を引き出すという離れ業も見せた。その成果として五名の拉致被害者とその家族の帰国を実現させたのだが、北朝鮮側が「これで全部で、その他は死亡」と説明したため、日本の世論は逆に硬化して今に至っている。

その後の自民党は、安倍、福田、麻生と三人の首相が一年ごとに交代する衰弱状態に陥った。参議院で主導権を失い、ねじれた国会運営に苦しむ閉塞状態が生まれたのである。こうして民主党へ期待が集まる政権交代ムードが高まってきた。

この時期に民主党の中心にいたのは鳩山由紀夫、小沢一郎、菅直人のトリオだった。党首だった鳩山由紀夫は、消費税増税の凍結と財政の無駄の徹底的な排除、硬直している公務員制度の改革、そして外交では「アメリカとアジアとの等距離外交」を掲げ、沖縄の普天間基地の移転先としては「最低でも県外へ」と演説した。

二〇〇九年夏の総選挙の結果は劇的だった。民主党は選挙前の百十二から三百八へと議席を増やした。これは単一政党として人数も占有率（六十四・二％）も最高記録である。逆に自民党は三百三から百十九へと激減した。この時点で、民主党政権の四年間の安泰を疑う者はいなかったろう。これに社民党と国民新党が加わって鳩山政権は発足した。国民の期待は大きかった。たぶん大き過ぎた。

テレビで公開された「事業仕分け」などで、民主党の政策が新鮮に見えていたのは、その年の末ぐらいまでだったろうか。暗い影を落としたのは、普天間の移転先と、小沢一郎幹事長をめぐる、いつまでも終らない「政治と金」問題の追及だった。そして破綻はやはり普天間移転先の辺野古への回帰だった。これが「日米同盟の大義」とされたことで、社民党は連立から去り、鳩山首相は小沢一郎を道連れに辞任せざるをえなくなった。

その後を菅直人が引き継いだとき、民主党への支持率は再び上昇した。国民はまだ絶望はしていなかったのだ。しかし期待は裏切られた。参院選を前に消費税引き上げを口にして大敗し「逆ねじれ国会」で半身不随に陥った。その後は妥協の連続で自民党に近づき、翌年の東日本大震災では「大連立」を持ちかけて断られ、自信のなさを印象づけた。次の野田内閣は、第二自民党のような政策に回帰して不人気を決定的にした。

民主党政権を倒したものの正体

もはや「死に体」となった野田政権は、二〇一二年の末、自民党の挑発に乗せられたかのように自殺的な解散総選挙に打って出た。結果は民主党の大敗で、自民党の復権を許した。結局、民主党が政権交代らしい清新さを維持していた期間は、一年にも満たない短い間でしかなかったと思われる。政権交代に寄せられた有権者の期待は、一挙に失望に変ってその後の政治を重苦しい沈滞に落とし込んだ。

民主党はなぜ失敗したのだろう。政権交代の前に、ミスター年金と呼ばれスターだった長妻昭は「闘う政治・手綱を握って馬に乗れ」という本を書いていた。日本の官僚は自己目的化していて、政治家は単にその上に乗って馬に行き先を任せているのが実態だという告発だった。官僚を国民に奉仕する組織に作り変えることが民主党の任務だと論じているのだが、大臣に就任して本気で「役所文化」の改造に取り組んだのは、彼一人だけだったと言われる。政権初心者の民主党は、官僚と調和して協力させようとした。

しかし官僚は長く続いている政策の延長でしかものを考えない。民主党政権が最初にやるべきは、外交、防衛、財務、司法官僚の幹部に「世の中は変った」ことを周知して、新しい政策に協力しない者は容赦なく去らせる決意を示すことだったろう。もちろん官僚の抵抗は激しく、マスコミもそのような荒療治には批判的に立ち回った可能性がある。アメリカからの圧力も半端ではなかったろう。しかしそれをしなかったら日本の針路を変えることは不可能だった。一種の革命が必要だったのだ。

それにしては、民主党の内部も一枚岩に固まってはいなかった。社会主義者の生き残りもいれば、自民党以上にアメリカ新自由主義の信奉者もいた。もともと非自民党勢力が集まって「とりあえず自民以外で政権交代」をめざしたというのが実態に近いだろう。だから小選挙区制を利用して「政権交代可能な二大政党」の一方になろうとしたこと自体は間違いではない。何度か政権交代を繰り返すうちに、一方は保守・伝統的な価値観の党、他方は革新・社会主義的な党として互いに純化して行く道もあった。

だが日本の有権者は、そんな手間のかかる政治を望んではいなかった。そして民主党には、失敗から学んで成長するだけの耐性もなかった。一度失敗したら求心力を失って、再挑戦に備えるリベンジの精神に欠けているように思われる。

鳩山由紀夫の回顧録のどこかで、総理在任中にアメリカからの圧力を直接に感じることは、それほど多くなかったと書いてあった。それよりも官僚の抵抗と裏切りが激しくて、極秘で検討した内容が、すぐに外部に漏れてしまう状況だったということだ。官僚という馬は、新しい乗り手の慣れない手綱を拒否して、早々と落馬させたのだ。

安倍晋三と自民党の憲法改定案

自民党の政権復帰を、一部のマスコミは「大政奉還」と揶揄《やゆ》して書いた。奉還を受けた自民党の総裁は安倍晋三である。安倍は二〇〇六年に小泉純一郎が任期満了したあとの総裁選に勝ち残り、戦後最年少の五十二歳で内閣総理大臣に指名された経歴がある。このときは参議院選挙に大敗して、内閣を改造し国会で施政方針演説をしておきながら、胃腸障害を起こして入院し、そのまま辞任するという失態を演じている。自民党の凋落と民主党への政権交代のきっかけを作った「戦犯」の筆頭と見なされていた。

しかしその屈辱からの名誉回復を誓う気持ちも、人一倍強かったと言われる。政治家としての安倍晋三の信条は、自らが参画した自民党の「憲法改正草案」の中に集約されている（なお私は「改正」でなく「改定」の語を常用している。法律の改定は誤りを正すのではなく、その時点での「定め」だと思うからである）。安倍がめざす「戦後レジームからの脱却」や「美しい日本」が、具体的にどんなものであるのかは、この改定草案を読むと、よくわかってくるのだ。

まず、格調高く始まり「……そもそも国政は、国民の厳粛な信託によるものであって、その権威は国民に由来し、その権力は国民の代表者がこれを行使し、その福利は国民がこれを享受する。……」と述べている現憲法の前文から、国民主権の思想も非戦平和の誓いも人類・国家平等の理想も根こそぎ削除している。その上で、ありきたりの原則論を並べた短文を「日本国民は、良き伝統と我々の国家を末永く子孫に継承するため、ここに、この憲法を制定する。」という言葉で総括しているのである。

第一章では天皇について「天皇は日本国の元首であり……」と規定して、天皇を国民よりも一段格上の実体とした。さらに第三条を新設して「国旗は日章旗とし、国歌は君が代とする。」「日本国民は国旗及び国歌を尊重しなければならない。」と異論の完封をめざしている。さらに第二章の「戦争の放棄」は「安全保障」と名称を変更して、第九条第一項は「……武力による威嚇又は武力の行使は、国際紛争を解決する手段としては」のあとの「永久にこれを放棄する」を、単に「用いない」と変更している。そして第二項として「前項の規定は、自衛権の発動を妨げるものではない。」とした上で、第九条の二として「国防軍の保持」を定めている。

その他、国民の権利に関係する条文では「公益及び公の秩序に反しない限り」という制限をつけているのが目立つ。つまりは憲法が国を縛って国民の権利を保障するものから、国民に義務を課すものへと変質しているのだ。そのような「法治」こそが安倍晋三が理想とする政治の姿であることを知らねばならない。

「大日本帝国皇室」(『昭和十四年児童年鑑』野ばら社)

第十章　昭和からの遺言

天皇は憲法を尊重する義務を負う

天皇はインターネットで現行憲法と自民党の「改正草案」との対照表に目を通し終ると、私室のパソコンを閉じた。執務室には今でもパソコンは置いていないが、私室にインターネット回線を引いて自分のパソコンで検索などに使うようになったのは、二〇〇六年からだった。情報革命の時代がくるというので、もう七十代だったが興味はあった。心得のある侍従から初歩の手ほどきを受けて使い始めたのだが、軽率なアクセスをしないことなど注意を受け、対外的に公表しないことを前提にした。

インターネットが自由に見られるようになってから、世の中が少し違って見えてくるような気がした。いろいろな人が、いろいろな立場でブログなどを使って発言をしているのがわかった。最初は新しい言葉の意味がわかる電子辞書のようなつもりで使っていたのだが、しだいに新聞もテレビも報じないような発言をしている人が、意外に多いことに気がついた。自由な個人がインターネットを使って自由に発言しており、それらを誰もが自由に読めるようになっているのが新鮮だった。

欲を言えば、自分も質問や感想をコメント欄に投稿してみたいところだが、仮名を使っても逆探知されるのが心配で、これは最初の約束の通りに「見聞を広めるため」だけに使うことに徹底した。それでもインターネットの情報は、関連の検索をたどることでどこまでも深めることができる。まさに知識の宝庫だった。

天皇である自分の地位が、憲法第一条の「天皇は、日本国の象徴であり日本国民統合の象徴であって、この地位は、主権の存する日本国民の総意に基く」に規定されていることは、よく知っているつもりだった。憲法が制定されて間もなく、中学生のときに教えられた記憶がある。そのときに「大日本帝国は万世一系の天皇これを統治す」と定めていた明治憲法との違いの説明も受けた。日本は先の戦争での敗戦を境にして、平和な民主主義の国として生まれ変わったということだった。

戦争がいかに悲惨なものであったかは、身に沁みて知っている。戦況が不利になった時期の疎開先では、特攻隊のニュースを聞いて、どうして飛行機ごと突入しなければならないのか、本当には納得できなくて心を痛めた。終戦後に帰京したとき、空襲による見渡す限りの廃墟を目にしたときの衝撃も忘れられない。その上に、インターネットで得られた沖縄戦の実態や、中国戦線での日本軍の行動についての知識などが加わった。

そうした上で憲法の条文に目を通すとき、まず前文の文言によって襟を正すような厳粛な気分に導かれる。そこには一国の憲法を超越した、人類普遍の理想が説かれていると思えるのだ。そして天皇である自分は、この憲法を尊重し擁護する義務を負っている。

天皇の統治は虚構であったのか

皇太子であった学生時代までは、新憲法に定める「国民統合の象徴としての天皇」という位置づけを、そのまま受け入れていたように思う。所詮は自分は皇太子であって「ふつうの人」になることはできない。それを幸運とも不幸とも考えることはなかった。その認識が激しく揺さぶられたのは、妃を迎えたときだった。国民の祝福は素直に嬉しかったのだが、あのとき、短い間でも「ふつうの家」に住んでみたいと思ったのだった。

しかしそれは一時の夢でしかなかった。最善の理解者となってくれた平民出身の妃とともに、自分に定められた運命に従うほかはなかった。それと同時に、父である昭和天皇の人生について、深い思いをめぐらすようになった。明治憲法によって一国の統治者と定められていた人の責任の重さである。それは立憲君主制と呼ばれているが、最終的な権威は天皇に集中していた。ことに軍に対する指揮権は絶対だった。

その昭和天皇が、日本の歴史始まって以来の大戦争を発令するに至ったのは、本意ではなくて、軍閥が支配する政府の決定を追認せざるをえなかったからだという理屈で、東京裁判は天皇の責任を問わなかった。あの決定は、果たして妥当なものだったのだろうか。宣戦布告の詔勅には「御名御璽」として記名押印しているのだ。少なくとも形式上は最高責任者ではなかったのか。戦場に散った兵士たちも「天皇陛下万歳」を叫ぶことはあっても、東条に忠誠を誓って死んだ者はいないだろう。

天皇が訴追されなかったことで戦後の日本が安定を保ち、それが占領軍の統治を穏和なものにして、日本の復興を助けたことは否定しない。昭和天皇がマッカーサーとの会見において信頼と尊敬をかちえたのは、皇室の歴史の重みとともに、その人徳によるところが大きいとも思う。それでもなお、天皇は常に最善の選択をしたと言えるのだろうか。

たとえば満洲事変の初期に、断固として陸軍の暴走を止めることはできなかったのか。満洲国の成立を急がずに、国際連盟に残留する道を選べなかったのか。中国への大規模侵攻をなぜ許したのか。そして太平洋戦争の開戦後に、挽回不可能な戦況に陥ってからも「一撃を加えての和平」にこだわり、いたずらに戦力の消耗を繰り返した判断の悪さはどうしたことか。こうした後悔の念は、昭和天皇の生涯を通して頭から去らなかったことだろう。しかしそれを口に出すことはできなかった。

昭和天皇は、憲法により国家統治の大権を与えられていながらも、国務大臣が天皇を輔弼《ほひつ》しその責に任ずという憲法を最大限に活用して戦争責任を免れた。これもまた一つの虚構ではなかったろうか。それに対して今の天皇は新憲法によって国政に関する権能を有しないと定められている。その立場にいて、国民のためにできることは何なのか。

祈る者としての天皇（その一）

天皇になることを運命づけられていた皇太子の時代に、自分への問いかけを繰り返しながら育ててきた一つの結論があった。それは、避けることのできない運命からは逃げないでいようということだった。逃げようとすれば周囲に迷惑をかけるばかりでなく、自分が惨めになってくる。それよりも自分に課せられた職分に正面から取り組んで、力を尽くしてみれば後悔が少ないだろうと思ったのだ。

そこで憲法に定められた「国民統合の象徴」という天皇の役割は何であるかを考えた。それは国民の指導者になれということではない。そうではなくて「この地位は主権の存する日本国民の総意に基づく」のだから、国民が主役でその全体の意思に沿うことのできる者でなければならないのだ。それはつまり、天皇は国民の心に寄り添えということではないのか。それならばわかる、自分にはできるし、そうしたい。

というのは、建仁には負い目の気持があった。それは戦後の天皇による「全国巡幸」の中で、父の昭和天皇が、あまりにも無邪気に国民の歓迎を喜んでいる姿を見聞したときに感じた、かすかな違和感から始まっていた。とくに今も鮮明に覚えているのが昭和二十二年（１９４７）の広島での新聞写真だった。原爆ドームが背景に見えている会場で、帽子を掲げて見せる天皇は、熱狂的なバンザイの歓呼に迎えられたと書かれていた。その市民の気持はありがたいが、それだけでよかったのか。

広島の市民が天皇を迎えたことで、一度は永久に廃墟になるとまで言われた町の復興を信じられるようになった喜びはわかる。しかし、この市民に対面した昭和天皇には、原爆投下という未曽有の惨害をもたらした戦争を引き起こしたことについて、少しでも詫びる気持はなかったのだろうか。もし自分が天皇だったらどうしただろう。壇上に進み出た最初に、市民に向けて脱帽し深く頭を下げたら、少しは気持を伝えられたかもしれない。そんなことを思ったのだった。

さらに遠慮なく言えば、敗戦を境にした昭和天皇の「変わり身の早さ」については、いろいろな資料で見聞を広めるにつれて、自分にはついて行けないと感じる部分が出てきたのだった。たとえば戦争責任を裁いた東京裁判を通して、元は臣下であった軍人たちの罪状が論じられるとき、被告の罪が重くなればなるほど天皇の身は安全になるという皮肉な構図が生れていた。昭和天皇の心は痛まなかったのか。そして絞首刑に処せられたA級戦犯の七名が靖国神社に合祀されたことを理由として天皇は参拝をしなくなったのだが、それだけでよかったのだろうか。なぜ天皇の名において多くの国民を戦死させ、その霊を神格化で美化した軍国主義の本質を反省しなかったのだろう。

祈る者としての天皇（その二）

昭和天皇が北海道を含む全都道府県への「巡幸」を果たしながらも、足を踏み入れることのできなかった県が一つだけ残った。それは沖縄だった。太平洋戦争で最後の捨て石として徹底抗戦を命じられ、日本本土の中で地上戦が展開された唯一の県でもあった。二十万名の戦没者のうちの半数以上が一般の沖縄県民であったとされている。さらに沖縄は戦後も長期にわたってアメリカの施政下に置かれていた。その間に多くの軍事基地が作られ、県民は日本政府から見捨てられたと感じていた。

この沖縄を、昭和五十年（１９７５）に訪れたのが、当時四十一歳の皇太子だった建仁の「祈る旅」の原点になった。同年に開催された本土復帰記念事業としての沖縄海洋博覧会を機に、妃とともに訪問したのだが、空港に到着して最初に向かった先は、南部戦跡の「ひめゆりの塔」だった。この旅を前にして、皇太子は「石ぐらい投げられてもいい、沖縄の人たちの中に入って行きたい」と語ったのだった。

しかし投げられたのは石では済まなかった。塔の前で説明を聞いていた皇太子夫妻の前に、洞穴に潜んでいた活動家が火炎瓶を投じたのである。瓶は献花台手前の柵に当って高く炎を上げ、火流は夫妻の足元にまで流れてきた。現場は大混乱に陥ったが、皇太子は動じることなく、煙を浴びた服を着替えることもせずに、次の予定地である「魂魄の塔」へと巡礼を続けたのだった。その塔での思いを、皇太子は次の琉歌《りゅうか》に詠んだ。

　花ゆうしゃぎゆん〈花を捧げます〉
　人《ふいとう》知らぬ魂〈人知れず亡くなった多くの人の魂に〉
　戦《いくさ》ねらぬ世《ゆ》ゆ〈戦争のない世を〉
　肝《ちむ》に願《にがてぃ》て〈心から願って〉

琉歌とは、八八八五の音で詠む琉球王朝からの伝統の歌の形式で、皇族の中でもこの形式で歌を詠んだ例はほかにない。沖縄の人たちの心に寄り添いたいという真情は、それほど深かったのだ。

　この旅の総括として文書で発表された「お言葉」は、「多くの尊い犠牲は、一時の行為や言葉によってあがなえるものでなく、人々が長い年月をかけてこれを記憶し、一人一人、深い内省の中にあって、この地に心を寄せ続けていくことをおいて考えられません」と述べている。まさに「わが生涯の責務」を自覚した人の実践宣言であった。

　この皇太子の訪問によって、沖縄における皇室への印象は格段に好転したと言われる。しかしもちろん、関心は沖縄にだけ向いていたのではない。戦争のない世の中は、祈るだけで実現できるのだろうか。非戦を貫く強い意思は、どこから生まれるのだろう。

祈る者としての天皇（その三）

皇太子として沖縄で祈ったのは、父・昭和天皇に代って謝罪しておきたいという気持があったと思う。しかし、自分がたまたま戦争をして負けた天皇の皇太子に生まれ合わせたから祈った、というだけのことではないような気がする。日本の歴史の中で天皇の役割ということを考えると、自ら大将軍となって軍を率いるような場面は、むしろ例外だった。古代の神話時代は別として、文明が定着した平安以降は、貴族による派閥の争いはあったにせよ、政争とは違った次元の権威として存続していたように思われる。

時には建武の中興のように、忠臣の力を借りて天皇親政を試みた例もあるが、結果は芳しいものではなかった。武士の力が強くなった時代以降は、戦乱の外にあって、勝者に権威を与えることで天下を安定させるという、今の憲法のいう「国民統合の象徴」に似た役割を果たしてきたのではないか。そう考えると、明治憲法よりも、現行の日本国憲法の方が、よほど皇室の伝統に親和的と言えるのではあるまいか。

新憲法の制定が、マッカーサーの主導という面があったにせよ、日本側からも多くの知恵が寄せられている。そして何よりも感動的だったのは、人間を尊重し人間の幸せのために国家が存在するという、前文に掲げた「人類普遍の原理」が、天照大神に発する皇室の伝統と矛盾しないどころか、その核心に一致すると思えたことだった。

皇室には「宮中祭祀《さいし》」と呼ばれる一連の神事がある。それらは国家と国民の安寧を祈るためのもので、古代の面影を伝える荒行に近いものも含まれると言われる。昭和天皇も皇太子も、宮中祭祀の伝承には熱心だった。自ら稲を栽培して収穫し、実りに感謝する行事などは、農耕民族としての原点を忘れないためにあるのだろう。まつりごととは、まさに政治の原点で、天皇は「祈る人」であったのだ。

その祈る心を国民の心に寄り添う行動として表現するのは、建仁天皇にとってじつに自然なことだった。敗戦の記念日や沖縄終戦の日、原爆記念日ばかりでなく、次々に起こる自然災害の被災者のためにも、天皇は后とともに足しげく現場を訪れるようになった。そして相手が座っていれば自らも膝をつき、ときには座り込んで同じ目線で言葉を交わすようになったのだった。

国民の幸せは、平和であってこそ守られる。その信念は、戦跡をめぐる慰霊の旅でも確固なものになって行く。忘れられた戦跡や忘れられた戦死者が埋もれてはいけないのだ。

戦争で人間が幸せになることはない。それは戦争に負けた日本だけではなく、世界の問題になってくる。国家は国民に戦争を強いることができるのか。そんな根元的な問題を、もはや政治的な権能を有しないと決められた日本の天皇が考えている。

三種の神器と天皇の地位

太平洋戦争の末期、アメリカ軍の本土上陸が必至となった時点で軍部から出された対策に、「天皇に三種の神器を奉じて大陸へお移りいただく」という提案があったとの記録がある。陸軍は大陸に大軍を残していたので、作戦的には本土よりも天皇を守りやすいと考えたのだろうが、昭和天皇はこれを否定して松代大本営への移動を可とした。ソ連の真意も知らず、国外で天皇を守れると夢想した軍部の認識不足も甚だしいが、昭和天皇が三種の神器の護持に並々ならぬ義務感を抱いていたのは事実のようである。

三種の神器《じんぎ》とは、八咫鏡《やたのかがみ》、八尺瓊勾玉《やさかにのまがたま》、草薙剣《くさなぎのつるぎ》の三点からなり、歴代天皇が継承する宝物とされている。現在は鏡は伊勢神宮に、剣は熱田神宮に、勾玉は宮中に古代からのものが祀られており、宮中には鏡と剣の形代（かたしろ・神性を与えた複製）も置かれている。これらは皇族といえども実物を見ることはなく、箱に納められ白布で覆われているようだ。伝説では神器は天照大神から天孫に与えられたことになっており、神代と現代とをつないでいる貴重なものだが、これを科学的に研究することは、おそらく天皇陵墓の発掘調査とともに、天皇制が存続する限りは難しいかもしれない。

そう考えると、日本の天皇は、世界にもまれな「生きている神話」そのものであるのがわかる。

しかし敗戦間際の非常事態に発想されたように、天皇が三種の神器を奉じて生きてさえいれば、国が滅んで外国に亡命しても「国体は護持された」ことになるのだろうか。そんなことはありえないと昭和天皇も思ったに違いない。大八洲《おおやしま》と呼ばれた国土と、そこに住む国民があってこその日本国であろう。「あまつ日嗣《ひつぎ》の栄えまさんことまさに天地と窮まりなかるべし」と祝福した天照大神の期待が、わが子孫が無事でさえあればよいという小さなものであったはずがない。

さらに建仁には、幼い頃に読んだ日本武尊《やまとたけるのみこと》の神話絵本の記憶があった。草薙の剣は、武尊が東征の途中で枯れ野で賊が放った火に囲まれたとき、周囲の草を払って迎え火を放ち難を逃れたときに活躍している。そのとき身近には弟橘媛《おとたちばなひめ》がいた。その姫は、その後房州に渡る船が荒天で危うくなったとき、海に身を投じて海神の怒りを静めたと言われる。弟橘媛はこのとき「さねさし　相武の小野に　燃ゆる火の　火中《ほ》に立ちて　問ひし君はも」と別れの歌を詠んだ。

遠い伝説の時代から伝わる神器とそれにまつわる物語は、幼少の皇太子に限りないロマンの夢を与えたのだった。そこでは剣さえも荒ぶる武器ではなく身を守る知恵だった。太陽のように世を照らす光になる、それこそが天皇の役目だと思ったのだ。

昭和の時代とは何だったのか（その一）

それから成長とともに昭和の時代の戦争を、その始まりから終りまで見てきた。生れたその年の一九三三年に、日本は満洲国の建国をめぐって国際連盟から脱退した。満洲事変から始まる十五年戦争は、常に建仁とともにあった。そして父親である昭和天皇は、大元帥として全軍を指揮しておいでになると聞かされてきた。それは天皇の公務であり、皇太子もいつかそのように強く偉大な立場にならねばならないと教えられてきた。そこでは、なぜそうなのかを疑うことは許されなかった。

戦場が大陸であり、太平洋戦争が始まってからも遠い海外での勝利として伝えられている間は、日本という国も、その頂点に立つ父である天皇も誇らしいと思っていたのは当然だった。日本の天皇が世界を指導するような立場になる時代が来るのかもしれない。そのときに自分が天皇に即位したら、どんな役目が待っているのだろうか。日本が世界の勝利者になったら、その後にはもう戦争はないだろう。それだけでも、世界にとって良いことに違いない。それはかなり愉快な空想と言えるものだった。

そんな空想が崩れてきたのは、アッツ島の玉砕、ガダルカナルでの苦闘と撤退などを聞くようになってきてからだった。当時は初等科の高学年になっていたから、戦争の見通しが決して明るくないことは理解できた。敵は物量にものを言わせて攻めてくるのを、日本軍は精神力で耐えているなどと聞かされると心が痛んだ。そして日本兵は傷ついても戦うことをやめず、最後は「天皇陛下万歳」を叫んで突撃したり自決したりするというのも、それが美談ではあっても心が重くなる話だった。

やがてサイパン島が民間人を含めて玉砕し、本土への空襲が必至の状況になってきた。学習院の初等科でも学童疎開が行われ、沼津を皮切りとして最後は奥日光へと避難先での生活が続いた。学友たちは合宿形式の集団生活だったが、皇太子は奥日光でも別棟の居室で暮らし、多くの侍従や目立たぬように配置された軍によって守られていた。それでも授業や昼食の弁当などを通して、学友たちの粗末になる食糧事情や、家族から遠く離された心細さを見聞きすることが多くなった。

その間にも、戦局は一向に好転しない。アメリカ軍はフィリピンから沖縄へと迫ってきて、これで南方との連絡が絶たれたことは、地図を思い浮かべればすぐにわかった。そしてヨーロッパでは同盟国のドイツが東西から攻められて敗戦の瀬戸際まで来ていると伝えられた。日本だけが世界を相手に戦って、どうして勝つことができるだろう。戦争は避けることのできない運命のように思っていたが、本当にそうだろうか。父である天皇はいま何を考えているのだろう。それは建仁が初めて感じた戦争への当事者意識だった。

昭和の時代とは何だったのか（その二）

疎開先の教室でも、世の中の重大な動きは授業の前後に先生から伝えられていた。ドイツが力尽きて降伏したことも、沖縄が総力をあげた特攻作戦にもかかわらず全島をアメリカ軍に占領されたことも、連合国側が日本に降伏を促すポツダム宣言を発表し、それを日本側が「黙殺」していることも、そして広島に「新型爆弾」が投下されて相当な被害があったことも、ソ連が突然に中立条約を破って日本に宣戦布告をし、満洲や南樺太に攻め込んできたことも、長崎に二発目の新型爆弾が落とされたことも、そのつど概略のことは知らされていた。皇太子は私室にもどってそれらを伝える新聞を読むこともできた。しかしそれ以上のくわしいことは、侍従も答えられないのだった。

それ以前から、東京への空襲が激しくなって皇居内でも被害が出たと聞かされていた。もはや負け戦の様相になっているのは誰にでもわかる。このときに日本の政府は、天皇は何をどうしようとしているのだろう。近代兵器を使う今の戦争が、歴史物語のような忠臣が現れて一気に形勢を逆転する可能性はありえないだろう。神がかりの奇跡でもいいから起きてほしいものだが、空想に逃げ込んでいる場合ではない。

皇族として天皇の位を継ぐと決められている自分には、何か学友たちと同じではない日本の国と国民に対する責任があるのではないか。初等科の六年生になっていた皇太子は、そう考えると不思議に前向きの気持になれるのだった。そこで思ったのは、この先に何があろうと、自分は「しっかり」していようということだった。「しっかり」の内容はわからないが、それは苦難があっても乱れないことだと思った。何があっても驚かず、乱れないでいようと思ったのだ。

その「何か」は、「正午から天皇陛下の重大な放送があります」という告知としてやってきた。学友たちとは別なホテルの一室で、皇太子は正座して放送を聞いた。こぶしを固く握って両膝に置き、頭を垂れ耳を澄まして聞いた。天皇の声が流れ始めてすぐに「朕は帝国政府をして、かの共同宣言を受諾する旨通告せしめたり」のところで、ポツダム宣言を受け入れての降伏であることがわかった。涙は出なかった。ただ、来るべきものが来て戦争が終ったことだけが、はっきりとわかった。

この日を境にして皇太子の様子が変ったことは、周囲の人々にもはっきり見て取れた。悲壮感かもしれないが、一種の威厳と重さが加わったように見えたのである。戦争に負けた国の王や皇帝がどのような運命をたどったか、世界の歴史には多くの例がある。天皇は詔書で「国体を護持し得て」と述べているが、日本の天皇だけが安泰でいられるわけがない。何があろうと、自分は乱れてはならないのだ。

昭和の時代とは何だったのか（その三）

敗戦にともなう混乱は、疎開先の皇太子にも迫っていた。降伏をいさぎよしとしない宇都宮連隊の幹部が、皇太子を擁して徹底抗戦する意図で皇太子の引き渡しを要求してきたが、侍従武官と護衛隊指揮官の説得でようやくあきらめるといったこともあった。憲兵隊からは、アメリカ軍が皇太子をアメリカへ連れ去る可能性があるとの情報も寄せられた。それらのざわついた雰囲気の中でも、皇太子はけんめいに平静を保とうとしていた。

しかし終戦の事態処理は、大筋では順調に進んでいた。日米両軍とも戦闘の停止はよく守られ、降伏文書の調印も日本軍の武装解除も順調に進み、アメリカ占領軍の進駐も混乱なく始まった。それらの統制のとれた動きの原動力が、天皇が発した「勅語」の権威であることは明らかだった。東京にマッカーサーが総司令官として着任し、天皇との会見も行われてやや落ち着いた秋になって、皇太子は東京に帰ってきた。

このときに車の窓から見た東京の戦災風景は、強い衝撃だった。戦争に負けるとは、このように破壊されることだったのか。首都を守ることのできなかった日本という国の弱さを、改めて認識させられた瞬間だった。この国はどうなるのか、外国の軍隊に占領されるとは、どういうことなのか。その中で天皇は、そして皇太子である自分はどうなるのか、まだ何もわからなかった。

しかし皇居に入ってからの暮らしは、意外なほどに穏やかで、昔のままに近いものだった。侍従たちは口々に戦時中の不便や苦労をねぎらってくれるのだが、自分にはそんな実感はなかった。むしろこれからが大変になると覚悟して帰ってきたのに、これからは安心してお暮らしになれますなどと言われるのが、違和感があった。

このときの違和感を大事にしたいと、建仁は本能的に感じていた。この大きな戦争が失敗に終ったあとも皇室が無事に暮らせるというのは、どこか間違っているのではないかと思ったのだ。天皇がマッカーサーと信頼関係を結んで日本の復興に努力したこと自体は良かったと思う。敗戦国の元首が、国民から恨まれも排斥もされないで、立ち直る希望の象徴のように敬愛されているというのも、世界に例のないすばらしいことだとは思う。だがそれに甘えていていいのだろうか。

明治維新をなしとげて近代化を成功させた日本は、それから何度も戦争を繰り返して大きくなってきた。日清戦争では朝鮮から清国軍を駆逐して、台湾の領有権と多額の賠償金を得た。日露戦争では朝鮮、満洲からロシアの勢力を退け、南樺太を獲得して、韓国併合への道筋をつけた。こうしてアジアの最強国となった上で、さらに世界の新秩序を唱えて膨張政策を続けたのが昭和の時代の前半だった。だがそれは必然だったのか。

昭和の時代とは何だったのか（その四）

そもそも明治維新は、薩長（注）ら雄藩が、まだ少年の明治天皇を擁して政権を奪取したクーデターだった。徳川慶喜《よしのぶ》が構想した大政奉還は、天皇の権威のもとに徳川以下の諸藩が近代化した合議制によって国政の実務を担当するという、日本国の伝統に基づいた「象徴としての天皇制」を再定義する試みだった。しかし幕府への懲罰感情の強かった薩長らは、武力を背景として宮廷内の実権を掌握し、錦の御旗を押し立てて、天皇親政に名を借りた「王政復古の大号令」で幕府を「朝敵」に追いやったのだった。

軍事政権の性格を帯びた明治新政府のもとで、明治天皇は「大帝」の名で呼ばれるほどの偉業を成しとげたとされる。明治の元勲たちは官制の近代化を手がかりとして、殖産興業や富国強兵に全力で取り組んだ。江戸時代に蓄積されていた教育普及の高さ、職人の技術力、貨幣経済の整備などが、ことごとく国の近代化に役立った。結果として東の端にいた日本が、アジアで最初の近代国家に変身できたのである。

憲法によって、日本は天皇が統治する「帝国」であると定められた。しかし天皇は絶対君主ではなく、議会と国務大臣による助言と輔弼によって権力を行使することになっていた。明治天皇は、臣下と熟議した上で決断を下し、国運をかけた日清、日露の大戦争にも

（注）「薩長」は薩摩藩、長州藩の略で現在の鹿児島県と山口県に当たる。

勝ち抜いたと信じられている。天皇を頂点として前線の一兵卒までが一丸となって戦えば勝てるという「皇軍の不敗神話」が、こうして形成された。

日本にとっては「遠い戦争」だった大正時代の第一次世界大戦を経て、昭和の時代になったとき、日本の前には依然として近代化の進まない中国大陸と、その一部で日露戦争により特殊な権益を得たつもりの満洲の地があった。明治の戦争から一世代が経過して、日本の軍部は国政に大きな発言力を持つ軍閥に肥大化していた。「国難」があれば軍が起って国の進路を開くという自負がある。

日本の軍国主義には、ドイツのヒトラーのようなカリスマ指導者はいなかった。しかし一定の方向に「空気」が流れだすと止まらない習性が当時の日本人にはあった。明治以来の膨張政策は、ここにも連続していたと見るしかない。軍は大陸へ進出する夢にこだわり、政府はそれを抑止するのに失敗した。

国家にも個人のように一定の「集団としての意思」があるのだろうか。アジアの島国が近代化に成功して世界の強国の一つと数えられるまでになった。分に応じて近隣諸国の近代化に協力しながら、平和のうちに共存共栄をはかる道は選べなかったのだろうか。主観的にはそうしたかったのかもしれないが、相手の事情に合わせなければ共存はできない。それよりも、一度はできる限り大きくなって限界を試してみたかったのではないか。

昭和の時代とは何だったのか（その五）

時代の「空気」に流されたのは昭和天皇も同様だった。天皇の統帥権をふりかざして政府の外交を無視する軍部に対して、時には怒り叱責はしても、既成事実が日本にとって有利であれば、それは追認するという過程を重ねた。満洲国の建国などは、明治天皇の業績を補完する新秩序の一歩と思われたのだった。

その後の日本の国際社会での孤立化と、中国の抵抗を絶つための「支那事変」への深入りは、すべて「満洲事変」から始まり、日本の譲歩がないままに太平洋戦争にまで拡大した。このときは窮地を脱する逆転の思想として、アジアに新秩序をもたらすための解放戦争という視点が加わった。困難はわかっているが、天佑神助《てんゆうしんじょ》を信じて「やってみなければわからない」と思ったのが正直なところだろう。

だが実際にやってみたら、日本の国力では到底無理だった。簡単に言えばそういう結論になる。ではこの暴挙を冒した責任者は誰なのか。そこには「その時代の空気がそうだった」という他には何もない。天皇を処断すると国のまとまりがつかなくなるので、最低限必要な「戦犯」を処刑して犯人探しは終りにした。その代わりに日本に求められたのは、平和を愛好し個人の尊厳が尊重される国になるように、政治原則を変えることだった。

新憲法の受け入れは、非武装で復興と経済成長に専念するという新しい目標を日本に与えてくれた。その路線は、刷新された新鋭の工業設備で高度成長を成し遂げ、世界の戦後復興と経済の活性化に貢献する目ざましい成果として結実した。気がつけば日本は世界で第二位の経済大国と呼ばれるようになっており、武力では失敗した世界の一等国入りを、経済力で果たしたのだった。

その代わりに国の安全保障は、国連とアメリカ軍にすべて依存することになった。そのために昭和天皇は、沖縄をアメリカに提供することさえ惜しまなかった。共産主義とソ連への警戒感は、それほどまでに強かったのである。そして主権在民の民主主義を建前としては受け入れたものの、政府に対して、あるいはアメリカの高官に対して、影響を与えるような発言をする習慣は、生涯を通して変らなかった。

昭和天皇は決して軍国主義の同調者ではなかったと建仁は思う。しかし「空気」に流されて一時的にせよ武力による世界新秩序を夢見たことはあったろう。その夢が破れて国力の限界が露呈されたとき、なぜもっと早く終戦を講じて内外国民の犠牲を少なく止めなかったのか。何度考えても疑問はそこへ帰ってくる。結局は天皇は君臨すれども統治せずの立憲君主制に逃げ込んだのではないか。それならば今の象徴天皇制と選ぶところがない。使うことのできた権力を使わなかったのは、罪ではなくても過ちにはなる。

昭和の時代とは何だったのか（その六）

当時は小学生だった自分にはどうすることもできなかったのだが、あの戦争を裁可した昭和天皇の子として、自分には道義的な責任があるのではないか。そんなことを感じた最初は、やはり東京の焼け跡を目にしたときだったと建仁は思う。そして戦後の日本の歩みとしては、経済発展はよしとしても、アメリカ軍がそのままずっと駐留を続けていることに、違和感を拭うことができなかった。

軍隊を持たないと憲法で定めておきながら、自衛隊を備えるようになった事情は、日本の立場と周囲の状況から、止むを得ない面があったかもしれない。しかしその自衛隊が、世界有数の実力があると言われるほど整備されても、アメリカ軍が依然として日本国内に駐留しているのは何のためなのか。これではアメリカに対して対等な外交ができるわけがないではないか。これで日本は独立国と言えるのか。

昭和天皇はこの問題については、何の問題意識も持っていないようだった。むしろアメリカの庇護の下にあることを安心の要素と思っているらしいのが不思議に思えた。米ソが対立した時代に、日本が共産圏に組み込まれるのを恐れたというのは理解できる。しかし冷戦の構造が崩れたあとになっても、アメリカとの関係をそのままにしていることに疑問を感じなかったのだろうか。核の傘という視点もあるようだが、核兵器を使用可能な武器と考えているとしたら、それは国連と日本国憲法の精神から外れている。

日本の国は、理想を持たなくていいのだろうか。日々の暮らしが平安で物質的に豊かでありさえすればいいのだろうか。個人の人生でも、目標と信念があって努力するときに生きる充実感があり、人の役に立つ仕事ができる。国家が経済発展に力を注いで豊かになっても、それだけに終っていたら活力を失い退廃が始まるのではないか。戦後の日本に弱点があるとしたら、それは自立自尊の精神を失い、国として世界に誇れる理想を見失っていることではないだろうか。

戦後の日本が世界に誇れることがあるとしたら、それは軍事力に頼らずに平和な方法のみで、世界経済に影響を与えられる経済力を身につけたことだろう。これは疑いもなく、世界にとって好ましい成功モデルになる。発展途上地域に進出する場合でも、日本が平和主義の国であることは、現地で好意的に受け入れられる原動力になるというではないか。この実績は、安易に捨ててはならない大事なものだと思う。

あの戦争が終ってから七十年が経過した。昭和の時代を総括するに当って、美しい日本を取り戻すとは、どういうことなのか。それは世界の平和の先導者として踏み出すことであって、明治から昭和初期の権力支配への郷愁とは、正反対の方向にある。

次の世に伝えたいこと（その一）

昭和という時代を見送り、平成の時代を国民の皆さんとともに過ごしてきた者として、ここに私が次の世に伝えておきたいことを書き記しておきます。

私は皇太子としてこの日本に生まれました。皇太子として育てられ、父、昭和天皇の亡きあとは天皇に即位するように、私の人生は定められていました。日本の皇室は、非常に歴史の長い家柄です。神話伝説の時代にまでさかのぼれば、この天地を創造した天照大神《あまてらすおおみかみ》の直系の子孫だとされています。もちろん私は神ではなくて人間だということは、自分でよく承知しています。ただ、家柄としてそれほど古くから存在し、記録が残されているのは事実です。その家系に生まれたということは、私の運命であって、逃れることのできない重い事実でした。

この日本の国と天皇との関係ということを考えると、最初は実際に武力にすぐれた家系であったのかもしれません。しかし世代を重ねるにつれて、天皇の権威は古来の伝説をよく伝承してきた事実が中心となり、実際の政治を担うのは、皇室の周辺にある氏族などの有力者に委ねられるようになってきたと思われます。時には天皇が自ら国政を掌握しようとした建武の中興などの事蹟はありますが、それらはむしろ例外で、より多くの場合は時の権力者に政治を委任する形をとり、天皇はその上の権威として存在していたようです。だからこそ現代にまで存続しえたのではないでしょうか。

それでは天皇の地位は何であったかというと、日本国民と敬愛の念で結ばれた象徴としての存在であった。これは昭和天皇が、戦後の人間宣言で述べられたことと通じるのですが、神として君臨するような絶対的な権威ではなく、人間的な親愛の心で結ばれた関係であった。ですからこれは、日本国憲法で定められた「国民統合の象徴であって、この地位は主権の存する日本国民の総意に基づく」ということと、矛盾なく調和するのです。

さらにまた、現在の憲法に定められた天皇の位置づけは、「万世一系の天皇これを統治す」と規定した明治憲法よりも、日本の長い伝統から見れば、はるかに寄り添った無理のない考え方のように私には思われます。つまり天皇は自ら命令を発して国民を動かすような存在ではなかった。その時々の政権に国政を任せながらも、少し離れたところから常に国民の全体を見守っていた、そのような立場だからこそ、政争に巻き込まれることなく現代にまで続いたのではないか、私はそのように思うのです。

その意味では、明治以後の三代は特殊な時代でした。近代化を急いだ新政府が、天皇を統治者として推戴し、自らの権威を高めるために利用したのです。その結果として先の大戦では国民に多大な苦難を与えてしまいました。これは私の深い悲しみです。

次の世に伝えたいこと（その二）

国の総力をあげたあの戦争において、じつに多くの国民が生命を失い、また深い傷を負い、親族とともに暮らす幸せを奪われ、営々として築いた家も職場も破壊されました。その悲惨に思いをいたすとき、昭和天皇が終戦の勅語で述べられた「五体ために裂く」との心情を、私も深くわがこととして共にしてきました。

その心情を、皇后も私と分かち合ってくれました。沖縄終戦の日、広島原爆の日、長崎原爆の日、そして八月十五日の終戦の日は、いずれも決して忘れてはならない大切な日となりました。心を込めて犠牲者の霊を慰めるために祈ります。いま生きている者は、祈ることしかできません。それが私の命あるかぎりの務めと思っています。

もちろん犠牲者を出したのは特定の日だけではありません。さらに言えば、先の戦争では、わが国の軍隊の行動によって、日本国民よりもはるかに多くの近隣諸国の人々を犠牲にしたことを忘れることができません。また、わが国が武力を背景として併合した、台湾および朝鮮の人々に与えた苦難についても、政治経済的な解決とは別な次元で、祈る心が必要であると感じています。これらの国境を越えた鎮魂と平和祈念のための記念日や公の施設がないことを、私は残念に思います。

祈る日や祈る施設が、何のためにあるのかと言えば、それは過去の過ちを繰り返さないためです。武力の行使と武力による威嚇で国を発展させることの限界は、先の大戦で証明されました。とくに兵器の発達した現代における戦争は、関係国相互に徹底的な破壊と殺戮をもたらす以外に、何の利益も期待できないものに変質しています。先の大戦は人類の最後の戦争にしなければならない。それ以外に人類の未来はないということを、世界の指導者は心の底では知っていると、私は確信しています。

先の戦争が終結するとき、国際社会は再び戦争を繰り返すことがないように、人類の名において国連を結成しました。その憲章においては、国際紛争を解決する手段としての戦争を否定しています。そして平和の維持は国連加盟国の連帯によって行うこととし、その態勢が整うまでの暫定的な措置としてのみ、各国の自衛権を認めることとしました。この時期に制定された日本国憲法では、国の独立と安全は国際社会の信義によって守られることを期待し、戦争を放棄して軍備を持たないことに定めたのです。

これは国連が理想とするところを、率先して国の基本法で定めた、じつに先進的な試みでありました。わが国の政府も昭和天皇も、心から賛同してこの憲法を制定し公布したのです。この基本法によってわが国は戦争による深刻な打撃から短期間のうちに立ち直り、世界の奇跡とまで言われた復興と発展をとげることができました。

非武装平和をつらぬいて世界に伍していくという理想は、しかしながら容易には実行できないものでした。戦後にわが国はアメリカ軍を主力とする連合軍の軍政下に置かれたのですが、その期間を終了するとき、引き続いて安全保障のためにアメリカ軍の駐留を承認し、なおかつ自国防衛のための自衛隊を創設するに至りました。わが国をめぐる国際情勢が、力の空白を許さない厳しいものであったためでした。ただし自衛隊は憲法を順守する立場から、軍隊ではない自衛のための実力組織とされたのです。

しかし最大の国際緊張要素であった米ソの対立が解消した後までも、アメリカ軍の駐留は継続し、とくに沖縄は米国の世界戦略上の基地として整備されるに至りました。その間にわが国の自衛隊も整備が進み、世界でも有数の装備と実力を備えていると評価されるまでになりました。この状況になってもなお、アメリカ軍がわが国の本土にも駐留を継続して、指揮系統の上でも自衛隊と一体化し、指導的同盟軍として自衛隊の上位にあるかのように運用されていると聞き及んでいます。

アメリカ軍による日本占領が、懲罰的ではない穏当なものであり、日本の戦後復興はもちろん、わが国の政治的改革にも大きな力となったことは感謝すべきであると思います。

しかしながら、この現状でわが国は、アメリカから自立した外交政策で国際社会に貢献することが可能でしょうか。アメリカが主導する世界戦略の枠内でしか活動できないというのでは、事実上の占領が戦後七十年を経ても継続していると言うほかはありません。この点については、私は遺憾の意を表せざるをえないのです。

思うにわが国が道を誤ったのは、力があれば道は開けるとする十九世紀的な拡張主義に陥ったからでした。しかし二十世紀後半からは、世界は平準化が進み、戦争を必要としない調和と共存の時代に入ったと私は認識しています。この時に当ってアメリカの世界戦略は、経済のグローバル化を先導する一面とともに、資本と軍事が癒着した拡張主義との二面性を備えているように見えます。この拡張主義の側面は、世界の未来にとって好ましくないと私は考えています。

この拡張主義の根底には、核エルネルギーが横たわっています。核兵器を使用可能なものとして開発、備蓄しているのは人類最大の不安要因であり、原子炉を積んだ艦船の配備も、原子力発電所の存在も同様です。拡張主義の行きつく先は、人間が住めない地球という悪夢を招くのではないかと思うのです。かつて拡張主義で世界に迷惑をかけたわが国としては、この現状に警鐘を鳴らし、人類を平和共存に導くのが使命ではないか。福島の被災地を訪ねたときに、私はこのように感じました。

次の世に伝えたいこと（その四）

わが日本の国は、アジア大陸東端に位置する島国です。ここに建国以来二千年にわたって同じ民族が単一の国として存続してきました。これは世界史の中でも他に例を見ない稀有のことです。そして天皇の家系が国の統合の象徴として現代まで一貫して継承されてきたのも、また世界に類がありません。天皇家には、国民みなさんのような姓がないのをご存知でしょうか。これは氏族の盛衰が始まる以前からの古い家系であることを示していると言われます。

日本列島は地理的には温帯に属し、四季の変化に恵まれています。そのために稲の栽培を中心とした農耕民族として独自の文化を築いてきました。温和な気候の中での農耕生活は、互いに力を合わせ、調和を重んじて争いを好まない国民性を育てたとも言われます。それは災害に直面しても混乱に乗じて略奪に走ったりすることなく、秩序を乱さずに助け合う美質として表れるものですが、一面では権力に対して従順で付和雷同の気質となり、個性的な人物が育ちにくいとも言われてきました。

先の大戦は、明治以来の政府の拡張主義が、国民の従順性によって拡大した不幸な結果だったのではないかと私は考えます。そして戦後の民主主義による改革は、日本を平和を愛好する国民の国として生まれ変わらせたと、私は信じています。この国が主権在民の国である限り、戦争を好む拡張主義に陥ることは決してないと私は思うのです。このように考えたとき、私はわが国の未来について、大きな希望を抱くことができました。

人は個人として尊重され、この世にあって幸せを求める権利があるとする天賦人権説を私は支持します。それとともに、一つの国と民族にも同様の権利があると思います。わが国は島国であったことも幸いして、有史以来、一度も他国による侵略を経験しませんでした。この幸せな経験は、多国間の交渉においても生かされるべきだったのです。先の敗戦を経験したことで、わが国はようやく目覚め、互いに侵し侵されることのない平和国家に立ち返ったのではないでしょうか。

その意味で、現在の日本国憲法を得たことは非常な幸運でありました。憲法前文に述べられている人間相互の関係を支配する崇高な理想を深く自覚し、平和を愛好する諸国民の公正と信義に信頼して、わが国の安全と生存を保持しようと決意することは、世界の恒久平和を実現する先導者としての役割を果たすことに他ならないからです。わが国は、まさに天の時と地の利を得て、この歴史的な使命を得たのだと思いました。

このように考えたときに初めて、私は運命として受け入れていた重荷から解放され、日本国の天皇であることを心から誇りに思うことができるようになりました。

次の世に伝えたいこと（その五）

人類の悠久の歴史を思うとき、世界の各地に目覚めた文明が、しだいにその規模を拡大し、それに伴って人口も増やしてきたことは疑いのない事実だと思います。他の文明と接触することで紛争を起こすこともありましたが、それは新しい刺激を受けて文明を高度化し、より大きな統一に向かう好機でもありました。そして、その最後の段階に達したのが二十世紀でした。そこでは史上最大の戦争も行われたのですが、その反省から、地球規模での人類の共存と平和をはかるようになったのも、この世紀でした。

先の大戦の惨害を忘れることなく、人類恒久の平和を願うことは、この歴史的な使命に従うことであると、私は深く信じています。願わくは、この使命を国民のみなさんと共有したいと心から思っています。しかしここで強調しておきたいのは、それを決めるのは国民みなさんであるということです。天皇は政治的権能を有しないと憲法は定めています。天皇の国事行為は、すべて内閣の助言と承認により行われるのです。閣議が決定し、国会を通過した法律は天皇の名によって公布されますが、そこに拒否権はありません。その意味では、天皇の役割は所定の形式に過ぎないのです。

さらにまた、天皇の地位は主権の存する国民の総意に基づくとも定められています。つまり国民みなさんこそが、すべてを決める力を持っているのです。私がいま願いとしている世界の恒久平和が、非現実的で考慮に値しない理想論に過ぎず、むしろ国のために有害だと国民みなさんが考えるとしたら、いまの天皇である私は国民統合の象徴として、ふさわしくないことになります。国民みなさんは、そのような天皇を排除することも、天皇制そのものを廃止することもできるのです。

いまこの国は、「国のかたち」そのものを再定義する岐路に立っていると言えるでしょう。戦争と軍備というものを、個々の国家にとって将来に向けても必要不可欠のものと位置づけるか、それとも世界全体の安全保障体制の整備に向かって進むのかという、二つの進路です。国連憲章と日本国憲法が、後者を志向していることは明らかですから、ここで再び細部を説明する必要はないと思います。要は、この世界から戦争を根絶することは、永久に不可能と考えるか、そうでないか、ということです。

私がどちらの立場であるかは、もう繰り返しません。私は国民みなさんと、強い信頼のきずなで結ばれていると信じています。個人が志を立てて人生の目標を立てるのと同じように、民族と国家にも理想が欲しいと私は思います。日々の平穏な暮らしで幸せを築きながらも、この世界にあって力によらず信義によって希望をもたらし、未来への道を一歩先に行く国の国民であって欲しいのです。

次の世に伝えたいこと（その六）

この書き置きの最後に、皇室の立場から、国民みなさんにお願いしておきたいことを若干書いておきます。みなさんは、天皇を含め皇族は日本国の国民ではないということを、どこまで認識しておられるでしょうか。皇族には、憲法で認められている基本的人権は適用されません。そもそも天皇制を認めるということは、人間の平等とは矛盾するのです。ですから皇族には選挙権も被選挙権もありません。戸籍も住民票もなく、身分は皇統譜に記載され、皇太子には職業選択の自由がありません。

皇室を維持するために、国は例年少なからぬ予算を使っています。皇室費がほぼ六十億円、ほかに宮内庁の予算が百億円ほど加わります。わが国はそれだけの経費をかけて天皇制を保持しているわけです。そして税金からの給与で生計を立てているという意味では、天皇および皇族は、生まれながらの特殊な公務員と見なすこともできそうです。経費に見合うだけの価値があるかという視点もあるかもしれません。

しかし天皇制は「国民の総意」に基づいて承認されたことになっています。戦後の混乱期において、天皇がそのまま天皇でありつづけたことは、おそらく国民には恨みと反感よりも、より多くの安心感をもって迎えられたのでしょう。それは日本の国には世界最古の伝統を持つ天皇がいるという事実が、国民の間に肯定的に受け入れられていたことを示しています。伝統ある商店などが古くから伝わる「のれん」にこだわり、そこに信用と安心感の基礎を求める気持と、通じるところがあるのではないでしょうか。

だとすれば、日本の天皇制は、その全体を世界に稀な文化遺産と位置づけることができます。これを廃止することは簡単ですが、一度消えたものを、復活するのも新しく作るのも、絶対に不可能でしょう。出来ることならば国民みなさんに愛される存在として、将来に残って欲しいと私は望んでいます。かつて皇太子であることに当惑した私ですが、今はそのように感じていることを、感謝とともに述べておきます。

さらに要望を述べれば、「皇室のことは皇室が決める」余地を、もう少し広くとって欲しいと思います。皇位継承、婚姻など皇室にとっての重要事項を決める皇室会議は、現在は定員十名のうち皇族は二名のみで、内閣総理大臣が議長となる国の機関です。これを天皇が議長となる文字通りの皇室内部の会議とすることはできないでしょうか。

もちろん法令に従い、内閣の承認は必要としても、皇室のことを皇室が発議するのは、日本国憲法の精神にも合致しています。皇位継承者の選定については、本人の資質と意欲も参考にすべきでしょう。女性の天皇や女性宮家を認めるかどうかも、これからの課題になります。皇室は、これから先も長く、国民とともにありたいと思うのです。

昭和からの遺言

建仁は書き終った文書を「上書き保存」してから、しばらく考えて、単に「書き置き」としておいた文書の題名を、「昭和からの遺言」と改めた。昭和の時代を知っている自分が、先代天皇の代弁者として語った部分が多いと思ったからだった。日本国の長い歴史において、昭和ほど重要な時代は、ほかになかったと思う。一言で言えば、それは日本の国が、孤立した島国から世界の一部分へと変身した時代だった。

その世界とは何であったのか、世界を乗せているこの地球とは何であるのか、建仁の想念は、日本国を起点として、とりとめもなく広がって行くのだった。人類はなぜこの地球に住み始めたのだろうか。そもそも人類が発生しなかったら、この宇宙は存在していると言えたのだろうか。人類だって、天文学が発達する以前には、満天の星は単に天空に貼りついていると思っていたのではなかったか。理解する能力のないところに、客観的な真実というものが、あり得るのだろうか。

この世に、人間の能力を超越した万能の神が存在するとは信じられない。神とはおそらく、人間の想念の中に生まれるものなのだ。それが神話となって古代の有力な氏族に伝えられた。その神話の一つが天皇家となって現代の自分にまで続いている。だからといって自分が特別な人間でないことは、自分がよく知っている。それでも神話につながっている中心人物である事実には変りがない。そして人間である自分は、自分の中に神をイメージすることはできる。他の人々と同じように。

人には幸福感というものがある。自分の能力に自信を持って活動ができ、信頼し愛する人たちとかかわりながら暮らすときに幸せを感じる。その反対のときには不幸を感じる。人は何のために生きるかという問いへの有力な答えは、人は幸せを求めて生きるということだろう。だから国の政治は、人々の幸せをなるべく多く、不幸をなるべく少なくするのがよいのだ。しかし政治は必ずしもそうはならない。担当するのが神ではなくて、常に人間がそれを行うからだ。

それでも、人には神へのあこがれがある。自分が皇太子として天皇としてしてきたことは、おもに悲運に倒れた人々のために祈ることでしかなかったが、国民はそれで癒されてくれた。政治にかかわらない象徴となった天皇であっても、祈る者としての役割は評価されたのではないだろうか。だとすれば自分はその役割に徹すればよい。

建仁は自分の人生が終りに近づいていることを自覚していた。だから体の動くうちに、皇后とともに一つでも多くの慰霊地を訪ねたいと願っている。しかしそれも間もなく限界を迎えるだろう。そのあとの自分はどこへ行くのだろうか。

人は宇宙と同じ大きさになる

学習院の大学で学んでいた時期に、R・H・ブライス師から禅の極意を教えられたことがあった。俳句と禅の研究家であるイギリス人から、英語で仏教を学ぶという不思議な経験をしたのだった。そのとき「悟る」とは自分が宇宙に翻弄されるのを自覚することではない、自分が宇宙を翻弄することだと言われた。よくはわからなかったが、人間の心は、ある瞬間に宇宙と同じ大きさになるということは理解できた。

世の人すべての悲しみをわが悲しみとすれば、それは慈悲の心になる。仏像の静かで悲しげな表情は、それを表しているのだろう。一方、わが心で宇宙のすべてを支配できるだろうか。現実の現象としては不可能だろうが、解脱した心で見れば、すべての事象は本来の位置に収まり、心を悩ますことはなくなるのかもしれない。

やがて自分の肉体が亡びるとき、自分の心はどこへ行くのだろうと建仁は思う。死は長い眠りに過ぎないのならばそれでもよい。眠っていた間のことを自分は知らない。自分の死後のことも知らなくてよい。でも、死後にもまた夢は見るとしたら、それはそれとして楽しいかもしれない。そんなことを考えている間に、建仁は自分がまだ生きているのか、それともすでに死後になっているのかが、わからなくなった。

どこからか心地よいオルガンの調べが聞こえてきて、目の前が橙色に明るくなった。気がつくと自分の視点は空中にあり、陵墓らしいものを見下ろしていた。やがて視点は上方に引かれ、周囲に点々と同心円状の黒い列が見えてきた。よく見るとそれらは人の姿で、陵墓に向けて礼拝しているのだった。どうやら自分は死んだらしかったが、そんなことはもうどうでもよかった。視点は自分の意思で自由に移動するようでもあり、同時に何者かによって強制的に導かれているようでもあった。

風景はいつか雲の中に没したかと見えたが、やがて地球の全体像として浮かんできた。それでも止まらずに太陽系の全体となり、周囲には無数の星が輝き始めた。そこから銀河系宇宙の全景となり、大宇宙の全体になるまでに、さして時間はかからなかった。その景色を見たとき、建仁にはなぜか懐かしいものを見るような既視感があった。それと同時に音楽は、雅楽の独特な響きに変わっていた。上の方から、母のような優しい声が聞こえてきた。「……いまし皇孫《すめみま》行きて治《しら》せ幸《さき》くませ。天《あま》つ日嗣《ひつぎ》の栄えまさんこと当《まさ》に天壌《あめつち》と窮《きわ》まり無かるべし」。

そのとき建仁は突然にすべてを悟った。これは自分の知っている宇宙とよく似てはいるが、性質が正反対の「もう一つの宇宙」なのだ。こちらの宇宙には明仁という天皇がいるはずである。会いたいが、会えばその一瞬に両方の宇宙は「空《くう》」になるのだった。(完)

東京大空襲後の被害を視察する昭和天皇（1945 年 3 月 19 日）

あとがき

本書の原稿となったブログ記事を書いた期間は、二〇一五年の四月から十一月に当っている。安倍政権による前年の「集団的自衛権容認の閣議決定」を受けて、安全保障関連法案が国会に提出され、与党の強引な国会運営によって採決・可決されたため、これを民主主義の危機ととらえた反対運動が、国会の周辺で盛り上がった年だった。

この年はまた戦後七十年ということで、昭和の戦争をどのように総括し未来へ伝えるかが論じられた年でもあった。そこで実感したのが七十年という時間の長さである。戦争の体験者は、ほとんどが九十歳以上となり、相次いで世を去って行った。

そうした直接の「語り部」が退場したあとで、多少なりとも戦争を見聞した私にできることは何かを考えたとき、昭和の戦争を総括するとともに、その教訓を未来に向けた一つの指針として提示することができないかと思った。そこで浮かんだのが「昭和からの遺言」というフレーズだった。去って行く者は、あとに続く者に未来を託すほかはない。

その遺言として、架空の「天皇のお言葉」の形を借りたのは、明仁天皇こそが今の日本と世界にとって、最大の希望の星と思われたからにほかならない。政治的権能を有しないからこそ言える「未来への希望」を照らし出すためである。

著者プロフィール

志村建世（しむら　たけよ）
1933（昭和 8）年生れ、東京都北区出身。現在、東京都中野区在住。
会社役員、作詞家、映像作家、エッセイスト、元ＮＨＫテレビディレクター
「みんなの歌」「われら 10 代」等を担当。元野ばら社編集長。

著書に
『詩集 愛それによって』（1974 年 日教研）
『おじいちゃんの書き置き』（2005 年 碧天舎）
『あなたの孫が幸せであるために』（2006 年 新風舎）
『少国民たちの戦争』（2010 年 社会批評社）
ＪＡＳＲＡＣ（日本音楽著作権協会）会員（作詞）
「志村建世のブログ」http://blog.livedoor.jp/shimuratakeyo/
自宅メール　shimura@cream.plala.or.jp

●昭和からの遺言―次の世に伝えたい　もう一つの世界

2016 年 2 月 20 日　第 1 刷発行

定　価　（本体 1500 円＋税）
著　者　志村建世
発行人　小西誠
装　幀　根津進司
発　行　株式会社　社会批評社
東京都中野区大和町 1-12-10 小西ビル
電話／ 03-3310-0681　FAX ／ 03-3310-6561
郵便振替／ 00160-0-161276
ＵＲＬ　http://www.maroon.dti.ne.jp/shakai/
Facebook　https://www.facebook.com/shakaihihyo
Email　shakai@mail3.alpha-net.ne.jp